神の御手に導かれて

菅　幸子

はじめに

旧約聖書の詩編四〇編一一節「恵みの御業を心に秘めておくことなく　大いなる集会であなたの真実と救いを語り　慈しみとまことを隠さずに語りました」という詩人の言葉に出会ったとき、〝あなたも語りなさい〟と私の中を衝撃が走りました。黙したまま人生を終えてはいけないと、この詩人に倣って、私のような者にも身に余る恵みの数々を与えてくださった神様の御業を包み隠さず書いて、感謝の気持ちを証しなければと思いました。

そのために過去の出来事を遡《さかのぼ》り、順を追って記憶の糸をつないでいくとその連続性のなかに、無我夢中で今まで気づかずにいたことが見えてきて、不思議な、思いがけない発見がありました。時を経ても〝事実〟というものは決して消えることはなく、むしろそれがあったからこそ、神が顧みてくださったのだと思えます。そして、そのつど新たな生き方へと導かれたのでした。

私はできる限りありのままに書きました。しかし、それが読み手の方にどう伝わるかを思うとき、一抹の不安がない訳ではありません。事実を正確に書くということの難しさに加え、家庭内のことは外からは見えにくく、また、外面《そとづら》と内面を巧みに使い分ける人もいます。しかし、誤解を恐れていては真実を明らかにすることはできないので、それはすべてを見通しておられる神に委ねることにしました。

いま、コロナが下火になっても、社会の急激な変化の煽《あお》りを受け、それによりDVや虐待、或いはカルト宗教など家庭内の人間関係に人知れず苦しんでいる方も少なくないでしょう。声を上げたくてもそれが叶わない苦しみ、誰からも理解されない孤独な闘いは、どれほど悲しみに満ちたものでしょう。人は誰からも支配されない自由があり、人としての尊厳は誰からも冒されてはならないものです。自分を大切に、〝今〟という瞬間は二度と戻ってこない時間なのです。たった一度の人生を、誰しも無駄にしてほしくはありません。

フランスの外科医でノーベル賞受賞者のアレキシス・カレルの言葉に、次のようなものがあります。それは、「一生涯くだらぬ個人的な利益しか考えず、それが自分たちにとって有利と見れば、いつでも嘘をつくことに慣れてしまっている人間は、考え方や行動の仕方を変えることができない」（『人間　この未知なるもの』より）と。つまり、周りがどんなに誠意を尽くそうが、行動パターンの変わらない人が世の中にはいるのです。宗教団体の中にも、教会の中にも、それも信徒に限らず。

私は苦難の中にあるとき、聖書を手にして慰めを得ました。この拙い証の中にも、聖書の御言葉を多く引用しました。今、困難な中にある方が、少しでも魂に平安が与えられますようにと祈りつつ。

「神は、あらゆる苦難に際してわたしたちを慰めてくださるので、わたしたちも神からいただくこの慰めによって、あらゆる苦難の中にある人々を慰めることができます」（コリントの信徒への手紙二、一・四）。

なお、出版に際して友人の岡本さゆり様、中山元春様、悦子様ご夫妻に的確なご助言を頂きました。厚く御礼申し上げます。また、出版を引き受けてくださいました日本キリスト教団出版局の秦　一紀様に大変お世話になりました。有り難うございました。

二〇二三年　盛夏

菅　幸子

目次

装丁　熊谷博人
挿画　渡邊禎雄「嵐の中の舟」一九八五年
（注）嵐を静める　マタイ八章二三―二七節

神の御手に導かれて

1. 生い立ち

祖父母のこと

私が生まれた時には四人の祖父母はすでに他界していた。父母は共に末子だった。しかし祖父母のことは、父母が話す言葉のはしばしから人となりが想像でき、会ったこともないのに何か身近に感じられたものだ。特に父方の祖父の生き方には尊敬の念を抱き、私も祖父に倣う生き方をしたいと思ってきた。

その祖父は外科医で、長いこと大阪の中心部で開業していたのだが、近くの小学校の校医も務めていた。冬場の仕事の一つは、校庭で遊んでいる子どもの中にしもやけの子どもを見つけると、つかまえてヨーチンを塗って歩くことだったという。と言っても、つかまえれば当時はどの子もしもやけであった。明治から大正、昭和の戦前まで、地域での医療を支えてきた祖父は、往診に行くこともたびたびだったようだ。その往診も、初期の頃は馬に乗って行くという何とものどかな光景が目に浮かぶのであるが、やがて、人力車を使ったり、祖父自身が自転車をこいだり、大正の末期には、大阪市内でも数少なかった二人乗りの小さな電気自動車に、傍らに父を乗せて連れていくこともあったという。真夜中の往診にも、先ずはむっくり起き上がって、しばらくじっとして目が覚めるのを待ち、それから出かけていったという。祖母（父の母）は長い間胃癌を患っていて、もう死が迫っているという日にも祖父は高校生だった父を無理に学校に行かせ、学校が引けて大急ぎで家に帰る途中、父はばったり出会った祖父から母の死を告げられ、とうとう往診には行けなかったと声を落として言ったという。祖父にとって父の母は三番目の妻で、不幸なことに病のために三人の妻に先立たれた祖父は、患者の家族の思いというものを体験して知っていたからであろう。また、父が軍医として出征していた時、母が乳飲み子を連れて大阪の祖父の家に泊まった際には長雨が続き、祖父が一枚一枚オムツにアイロンを当てて乾かしてくれたという。戦前のまだ男女平等の意識が薄い時代に男だからと偉ぶることもなく、そんな祖父を思う時、祖父の温かみのある人間性と世間常識に捉われない生き方に尊敬の念を抱くと同時に、この家系につながることができたことを有り難く思った。そうした祖父の影響を受けたせいか、父もまた男だからと言って決して偉ぶることはなく、〝女は〟、と女性を一段低く見たりすることもなく、まして女性を侮るような言葉を私は一度として耳にしたことはなかった。

その祖父は代々続く医者の家に婿養子に入った手前、自分の代で医者の家を終わらせたくなかったのだろう。どうしても父を医者にしたい、医者になってもらいたいという思いが強く、父は自分の意思とは相容れないものの、祖父の強い希望に応え医者の道に進んだのだった。それが皮肉にも、父が医学部に入ったばっかりに学業半ばで軍医として応召する羽目になり、本来人の命を病から救うという使命とは異なる、「戦争」という人殺しの現場に赴かざるを得なくなったことは、祖父の思惑をはるかに超えた時代の要請であり、宿命だったのだろうか。祖父にとっては痛恨の極みであったに違いない。戦時中、父が一時帰国し再び戦地に向かうという別離の時に、祖父は大阪駅のホームで父の乗った汽車が少しずつ動き出す、その汽車を追いかけてひどく泣いていたという。そしてこれが父との最後になったのだった。

その後しだいに戦況が厳しくなってきて大阪市内も危なくなり、七十歳を過ぎた祖父を心配した親族が再三疎開を勧めたが祖父は頑として受け入れず、市内に留まって毎日救護所に詰めていたという。昭和二十年三月の大阪大空襲の日に、祖父は家の者には早く逃げるように言い、自分は大切な医療器材を火の手から守るため防火用水に入れたりしていて逃げ遅れたのか、親類の者が三日三晩捜し歩いても見つけることはできなかった。祖父は戦地に赴いている父を思い、自分もできることをせねばという思いに駆られていたのだろう。祖父の最期は行方知れずで誰にもどうなったのかは分からないが、命の尽きるまで医師として精一杯生きた祖父の生き方は、残された家族への最大の遺産になったと思う。

母方の祖父母は、広島で製鉄会社を創業したが、父母の結婚前に二人とも癌で亡くなってい た。祖父は家が貧しく小学校しか出ていなかったが、後に貴族院議員となり、祖父の達筆な字を見ると、努力の人だったように思われる。当時としては珍しく、会社は祖母が社長をして二人で切り盛りしていたので、母は母方の曾祖母に育てられたという。祖母が母を身ごもった時はすでに病気のために早産し、母は六ヶ月の未熟児であった。医者からは二十歳までは生きられないだろうと言われたが、医者の妻だった曾祖母が保育器のない時代に重湯で大切に育てたのだという。明治の終わりであったが、その時代によく育ったものと思う。

祖父母の会社は時代の荒波にもまれ、差し押さえの憂き目にあい赤紙が張られたこともあったようだが、県内だけでなく山陰の過疎地に支社や工場を作って雇用を生み出したことで町の発展を大いに支えることになったという。

母が家の宗教とは違うキリスト教信仰を得て、二十代半ばで広島から東京の神学校に入学するのだが、その母にヤマハの一番大きなオルガンを買い与えてくれたことからも、祖父は度量の広い人だったと思う。家族が猛反対して洗礼を躊躇するという話も珍しくない時代のことであった。今、そのオルガンは我が家の宝物として現役のままである。

四人の祖父母はキリスト教とは縁のなかった人たちだが、その生きざまを通して脈々と伝わってくるものを私は感じている。私の向こう見ずな性格は、母方の祖父母の血を引いているせいなのかもしれない。言葉では表現できないけれども、つながっている何かを感じている。私はそれをも大切にしながら、キリスト者としての人生を全うしたいと願っている。

父母のこと

父はまだ在学中に、満州事変の時から応召したのだが、なんとその前日に私の姉が生まれて、その顔を見て安心して旅立ったという。まさしく神様の計らいだったと思う。父は通算七年を軍医として戦地に赴き、終戦後一年ほどは消息も途絶えていたのだが突然、母の疎開先に帰ってきて、父が大学に戻るため、すぐに一家で上京した。まだ食糧難の時代であり、当時の大学の副手（今のインターン）は無給で、祖父が掛けていた多額の生命保険が生活費になったという。数年後には私が生まれ、父も新しく開設される総合病院に勤務することになり、ようやく生活が安定したのだった。

私がまだ幼い頃、父は私を往診に連れていくことがあった。その頃は結核患者が多く、自宅療養をされていた。ある時、連れられて行った先は奥さんが病気で、部屋の入り口からご挨拶すると、不意のお客にびっくりされたようだった。そして届くはずもないのに、ほっそりとした手を私の方に差し伸べ、微笑みを浮かべてじっと私を見つめておられた。私はその時の情景をはっきりと覚えていて、子ども心にも感じるところがあった。いかに財に恵まれていても、社会から隔絶された長い病床の生活はどれほど悲しみに満ちていることだろう。私が医療や介護を必要とする福祉の現場を歩んできたのは、そうした幼い時の記憶が私をそうさせてきたのかもしれない。

母は若い頃にキリスト教信仰を与えられて上京し、教会の説教を速記したり、賀川豊彦の伝道旅行にもついていったりしたという。そして、その頃は教会活動に熱心だった父と医療伝道をするのが夢だったと聞いている。しかし、戦争により七年間も夫不在の留守を守り、その間一人で二人の子育てをし、疎開してからは慣れない畑仕事もせねばならず、苦労が多かった。母は神学校を出ていながら、子育てや家庭の雑事に追われて、少しも自分が伝道してこなかったことを晩年になってからは後悔する日々であった。

私の学校時代

小学校に上がると世はベビーブームの時代で、一クラスが五十人で五クラスあった。冬になって担任の先生が産休に入ると、一クラスを他の四つのクラスへ振り分けたのでクラスは六十人余となり、教室は後ろまでぎちぎちのすし詰め状態であった。わいわいガヤガヤと先生は大変なことだったと思う。二年生になって担任は持ち上がりであったが、学校は遠くなった。というのは、学校は戦災で校舎を焼失し、二年生と五年生は隣の小学校を借りて授業を受けていたからだ。その校舎の一階は別の特殊学級の学園であった。

その二年生の時に忘れられない思い出がある。それは同じクラスの男の子がその学園の生徒が勉強しているところに向けて、窓越しに虫メガネを使って光を集めてゆらゆらと眩しく照らすというイタズラをしたので、学園の生徒が、「ボクたちがバカだからって、こういう意地悪をした」と先生に訴えたのであった。その時、普段はやさしい担任の先生がクラス全員を前にして、血相を変え烈火のごとく怒ったのだった。教室は水を打ったように静まり返った。どういう言葉を使われたかは覚えていないが、真剣なまなざしで教えられたことは、ひと言で言えば人としての尊厳ということだったと思う。先生は西村愛子先生といった。東京学芸大学を出て新卒で都心の小学校に赴任され、優秀な先生だったのだろう。私は学校教育の中で、後にも先にもこれほど大事なことを教えられたことはない。

また、校区には通称バタヤ部落と言われた地域があり、そこの生徒がたまに登校すると西村先生は丁寧に教えて「やればできる。頭がいい」と言って励まされた。また保健室の先生も出てきて、黒光りした顔のその子に「銭湯に連れていきたい」と言ったことなど、分け隔てのないそうした何気ない日常は、後年私が障碍を持つ人や高齢の人と接する時の生きた学びにつながったのではないかと思う。

キリスト教との出会い

母の信仰により、私は生まれた年のイースターに幼児洗礼を授けられた。病気がちだった私は幼稚園も途中でやめ、家で絵をかいたり絵本を読んだり、一人遊びをすることが常だった。小学校の低学年の頃は、母の属する教会に行かないとひどく叱られたものだ。三年生になってから学校のすぐ近くの教会に級友と行くようになった。その教会はこじんまりとした教会であったが、家庭的な雰囲気であった。中学高校はキリスト教系の女子校に進み、高校生になると毎週土曜日には高校生が集まって会堂の掃除をして、その後お茶を飲んでしゃべったり、楽しい時を過ごしたものである。近くには大学生の男子寮があり、そのせいか青年会も活発だった。

高校の時にスタンレー・ジョーンズ博士の大規模な伝道集会に行き、それがきっかけで信仰告白をして堅信礼（幼児洗礼を受けた者が受ける洗礼に代わるもの）を受けたのであった。

その教会は、日本で初めて婦人保護施設「かにた婦人の村」（千葉県館山市）を開設した深津文雄牧師がかつて牧会されていた教会であった。先生が聖書の中で最も大切にしていたのは、「この最も小さい者の一人にしなかったのは、わたしにしてくれなかったことなのである」（マタイによる福音書二五・四五）という御言葉で、底点志向という造語のもとに、当時は知的障碍のために普通の職には就けず、売春をせざるを得ない、そうした社会の最も底辺にいる女性たちを支える仕事に生涯を捧げられたのだった。教会生活では接点のなかった私も、先生の働きには強い刺激と感化を受けてきた。

2. 押し寄せたカルト（？）の波

カルト（？）宗教が我が家へ

その宗教が我が家に入ってきたのは、私が堅信礼を受けてまもなくのことであった。それは、母が所属する教会の会員で、私が子どもの頃からよく家に来ていた人（のちに私の夫となる人の母親）が、母をいざなったことに始まる。その宗教はマーク・R・マリンズ（上智大学、比較宗教学）著『メイド・イン・ジャパンのキリスト教』の中にも触れられているが、キリスト教とは異なる日本土着の宗教儀式も取り入れ、カリスマ的指導者を中心とする熱狂的な会員の集まりで、特定の支持政党を持ち、その意味ではカルト宗教といえるだろう。

最初は母も躊躇していたようだったが、どうしたことか長姉がその話に乗ってしまい、次第に母も姉につられてその集会に入り込むようになってしまった。教会には信仰がない、教会には聖霊がないと批判し、早く言えば教会の不満分子をかき集めたような感じで、自分たちこそ本物で格別であるかのような顔をし、教会を誹謗したのだった。それを大いに煽《あお》ったのが、母をいざなった古くからの知り合いだった。その母の属していた教会は伝統もあり名門と言われるほどの大きな教会で、何百人もいる会員の中でそのカルトの波にさらわれたのはほんの数人であった。なのに、理知的な母がなぜ足もとをすくわれるようにそのうちの一人になってしまったのか、不思議というか残念でならなかった。

母の姉でクリスチャンの伯母夫婦も、また母と長い付き合いのあった信仰の友も、母がその集会に連なることにはずいぶん反対したのだが、母は全く耳を貸さなかった。そればかりか、私には来る日も来る日も教会の批判を繰り返す有様だった。しかし、どんなに言われても、私は教会から離れようとは少しも思わなかった。私には教会に居場所があり、それなりに充実した教会生活を送っていたからである。一度は母の執拗な誘いに根負けして、夜の集会に行ったことがあった。集会をする和室には所狭しと座布団が並べられ、びっしり人が集まったように記憶している。集会が始まると、「汝等しづまりて我の神たるをしれ」（旧約聖書詩篇四六・一〇、文語訳）との御言葉にあるような、教会の静粛な礼拝にはほど遠く、とくに祈りの時は口々に大声で叫んだり、中には涙を流している人もいて、宗教的な恍惚状態とでもいうのだろうか、まるで新興宗教さながらであった。その異様な世界に私は唖然とし、私の来るところではないと思った。

姉の入信とカルト流の結婚

姉はいつしかその集会にどっぷりとつかり、虜《とりこ》となってしまった。ある日、姉がいつになく自分の部屋を片づけて大半の物を処分すると、その日のうちに家を出てその集会の居住先に赴いてしまった。姉の気持ちが変わらないうちにという、上からの指示だったのであろう。家族の絆がついえた時であったと思う。

父は勉強家で仕事人間でもあり、家では書斎にこもりがちであった。それだけに家族との距離もあったと思うが、突然に、何の前触れもなく娘が家を出ていくことには少なからずショックを受け、後年それを口にすることがあった。私はもうこの姉とは滅多に会えなくなること、姉がその集会に行くまでは同じ教会に通っていたのにと思うと、胸が詰まる思いだった。

それからどの位の時がたったことだろう。姉がしばらくぶりに我が家に顔を見せた。聞けば、明日が結婚式だという。姉は相手の人と前日に一度会ったきりで、大阪からその人の両親が明日の結婚式のため上京してくるという。相手方は一家をあげてその集会に来ている人たちだった。両親はその結婚式に出られるというが、妹の私は部外者なのだろう、結婚式には出られないと姉は言った。血縁の家族とは一線を引くということなのだろう。その集会では先生と呼ばれる人が頂点に立ち、まるで神の代理人かのように、結婚までも信者はその指導者の下で指示されるがままにそれを受け入れるということが至極当然のことなのだ。しかし、手塩にかけて育ててきた親は蚊帳の外に置かれ、全く見ず知らずの人との結婚を婚約期間もないままあてがわれ、突然に決めてしまうとは。親心を無視する、何と心ないことだろうと思う。私には驚愕以外の何ものでもなかった。およそキリスト者の自由とは遠くかけ離れたものに思えるのだった。そして、この出来事は我が家を根底から揺るがし家族を分断することになった。それは図らずも、私の後の人生に底知れぬほどの禍根を残すことになったのだ。

家族の分断と悲哀

母が教会を離れてからは、母は私のしようとすることに逐一反対するようになった。それはどんなに批判されても私が教会に留まって、教会に入り浸っていることが気に入らなかったせいもあるのだろう。母との溝は深まるばかりだった。私は漠然と伝道者になりたいと思っていたが、姉たちは大卒なのに、「あんたは大学には行かなくていい」とか、神学部に行けば信仰を失くす、牧師はもちろんのこと、教会の男性とは結婚しないで云々、母は勝手なことを言うのだった。母から神学部に行くことを猛反対された私は、迷った末、当時「この子らを世の光に」というスローガンを掲げたびわこ学園（重症心身障害児施設）創設者の糸賀一雄先生に倣い、宗教色のない哲学科に学び、教育哲学を専攻することになった。それは図らずも当時の私にとって最善の道であったと思う。私はその大学で教育哲学だけでなく、宗教学をはじめ仏教やその他の宗教、思想を幅広く学ぶことができた。砂山でも底辺が広くないと高い山にはならないのと同様、勉学も広い視野に立ってこそ高い専門性を有することができると教えられ、少人数の学生にも拘わらず、他大学から著名な講師陣を招き、学生の立場に立った自由な校風は懐かしく、今でも感謝の念に堪えない。

今から思えば、母はその集会にからめとられてしまい、圧力を受けていたのかもしれない。日曜は朝から夕方まで不在で、平日の夜の集会には終電で帰宅することも多々あった。普通の家庭の専業主婦として、常識では考えられないことだった。

私は、家の中ではただただ闘いの日々だった。カルト（？）信者を家族に持つ悲哀なのだろう。家の中では、父を除いて私だけが教会の信徒なのだ。この苦しみは誰にも打ち明けることはできなかった。思春期の揺れ動く時期に、自分が暗い孤独の海に漂う哀れな存在にしか思えなかった。その頃は悲しみで毎夜布団の中で涙に暮れていた。私の涙が乾く時があるだろうかと本気で思ったりもした。その時は気づかなくても私はしだいに自信を喪失していったのだ。

他者から、まして同じ屋根の下で暮らす家族から自分を容認されないこと、欠けの多い私への小言ならまだしも、自分の信じている信仰を否定され受け入れられないことは実に不幸なことだと思う。私は何か言われても反論するすべもなく、ただ黙してその場が過ぎ去るのを待つばかりだった。父はそうした私を気遣ってか、他者の宗教を否定するのは本物の宗教ではないと言うのだった。後年、勤務した相談室の室長から「あなたは自己評価が低い」と指摘されたのはこうした家庭環境に起因するのだろう。

数十年たった後でも、姉は私をその集会に呼び込もうと思ったのか、その集会が関係する海外旅行でグループの人数が足りないからと私を誘ってきた。私は、その旅行が集会とは全く関わりがないことを姉に確かめ、母も強く勧めてくれたので申し込んだが、行く間際になってその旅行の参加者が全員その集会に属する人であることを知り、即座に取りやめたのだった。高額なキャンセル料は薄給の身には痛手であった。

それほどまでにしつこく人を勧誘するのは何のためだろう。他者の価値観を認めず、自分たちの信条は絶対だとマインドコントロールされているからか、それとも頭数を増やして献金を増やしたいためなのか、私には不信感が募るばかりだった。

3．仕組まれた結婚

出会いのきっかけ

ある日、私が在宅している時、母をカルトじみた宗教へいざなった人が家に来て、しばらくぶりに私と顔を合わすことになった。帰られてから母のところに、私の結婚相手にうちの息子はどうだろうか、といきなり、予想だにしない電話があった。私は生涯仕事を持って生きていきたいので、それを条件にするなら見合いしてもいいと伝えてもらった。その当時、女性は結婚か仕事か二者択一を迫られた時代であった。仕事を持っていても、結婚と同時に退職する〝寿退社〟が定着していたと言っても過言ではないだろう。私はそれまでクリスチャン以外の人との結婚は全く考えていなかったが、仮に私が薄給の身になっても互いに助け合い、それぞれが人生の目的を持って自立した生き方をすれば良いのではないかと、考えてのことだった。

後日、相手方から、「息子はこれからの女性は仕事を持って生きていく方が良い」と言っているし、いずれ弁護士になるつもりで今は一生懸命、司法試験の勉強をしているという。そして、私が見合い写真を持っていないと言うと、息子は「顔ではなく人柄なので、なくて構わない」という返事であった。それをある方に話すと、それは男性としては珍しい人だと言われ、国立大の法学部で労働法を専攻し、進歩的な考えの人なのだろうと私は思ってしまった。その頃流行ったマイホーム主義のような、自分の家庭を生きがいにするような生き方を私はしたくないと話した時も、それに反論するでもなく黙っているので、私の意見を受け入れてくれたものとばかり思っていた。

ところが、「写真は不要」と言っていたのに、私が彼の家を訪ねてアルバムを見せてもらうと、私が友人と大きく写っている写真がちゃんとあったのだ。そしていつもいる犬がいないので聞くと、うるさく吠えるので母親が保健所に連れて行ったという。いのちはキリスト教で最も大切にしていることである。自分がいかにも信仰に生きているような顔をしていながら、裏ではたとえ動物であっても、うるさいというだけでいのちを粗末に扱う冷酷さに愕然とする思いだった。しかも片足を引きずって歩く身障の犬だった。アフリカで医療伝道されたシュバイツァー博士は蚊を殺すのも躊躇したといわれる。そして、何かの拍子に相手方が、医者の家と縁続きしたいというのを耳にした時、私はもう破談にしたいと母と一緒に断りに行った。しかし相手方がそれを否定したので、私も間近に迫っていた式を考え、撤回したのだった。

裏切られた結婚

結婚して初めての給料日だった。どこの職場も現金で支給する時代だった。給料日は同じ日で、私が彼の給料から生活費を受け取ると、私の給与を袋ごと取り上げ、明日預金してくると言う。翌日見せてもらうと全額夫名義の預金にし、しかも通帳を机の引き出しに鍵をかけてしまうのだった。「何でそんなことをするの」と問い詰めると、信用ならないからだという。信用ならないなら初めから結婚しなければ良いのだ。私に対する最大の侮辱で、私もこういう男とは正直結婚したくなかった。翌月も翌々月も同じことの繰り返しだったが、「仕事を辞めたら返してやる」と言う。これが決め手だった。人生を共にできる相手ではないと確信した。しかし、そのときには早くも私は妊娠していた。それを知るや、夫の母親が開口一番、「これでようやく離婚できなくなったわね」と言ったのだ。私が生涯仕事をしていくこと、それを納得した上での見合いだったのに、結婚して数ヶ月もたたないうちに夫はその約束をたちまち反故にした上、私を家庭に縛り付けようと画策し、医者の家と縁続きになりたいという母親の願いを満たすための家族ぐるみの工作だったのだ。私の母に近寄って、カルトじみた宗教にいざなったのもそうした下心があったからではないかと勘ぐってしまう。というのも、母親はその後まもなくその集会から離れて教会に戻ったからだ。この結婚は始まりからして、「愛には偽りがあってはなりません」（ローマの信徒への手紙一二・九）という使徒パウロが勧めるキリスト教的生活の規範から、著しく逸脱したものだった。

新婚早々でも、夫が職場から早く帰宅したのはせいぜい一ヶ月ほどで、その後は終電近くなり、土日以外は家で夕食を共にすることはなかった。それほど忙しい職場だとは私はつゆほども知らなかった。そんなに超過勤務が多ければ手当もそれ相応につくはずだが、私の給与とそれほどの差はなかったのだ。都心から遠く離れた郊外の宿舎で、たった一人でとる夕食。朝は混み合う電車で通勤に一時間以上かかり、何のための結婚だったのかと憤懣やるかたない日々だった。これでは司法試験の勉強などできるはずもない。世間には仲人口ということもあるが、あれもこれも結婚前に聞いていた事実とは異なり、それを指摘しても全く悪びれた様子はなく、誠意のない態度であった。

喧嘩になると、夫は辺りを見回して、盗聴器ついてないだろうなと言うのが常だった。その当時は、盗聴器など簡単に手に入るものではなかったと思う。それだけ、外に聞かれたら困るということなのだろう。私には、「家のことを口外したら承知しないぞ。男の怖さを知らない」と脅迫めいた言葉で釘を刺すのだった。ＤＶという言葉もない頃であった。これが、母親の自慢の息子であった。しかし、ひょっとすると私同様、カルトじみた宗教の影響を受けた支配的な母親の下で思春期を過ごしたせいなのかもしれない。支配的な親に抗うこともなく、支配されるがままに何の疑問も抱かず、自分より弱い立場にある者には今度は自分が支配的になるという連鎖なのだ。そのためには私から経済力を奪いたいということだったのだろう。

聖書には、「人は父母を離れてその妻と結ばれ、二人は一体となる」（マタイによる福音書一九・五）とあるが、夫が一体になっているのは母親なのだった。クリスチャンの私と結婚したのは、クリスチャンだったら親の面倒を見てくれるだろうと思ってのことだったという。それが本音であり、母親の期待だったのだ。世の中には自己中心的にしか物事を見られないために、自分が何をしているのかも分からず、それによって他者の人生を狂わせてしまうということ、まさしく私はその犠牲者になってしまったのだ。私はそれまで家族の中で深い孤独を味わってきただけに、結婚には過剰な期待を抱いていた。私はどん底に落ちるような気持ちであったが、どうする術もなかった。

4. 娘の誕生・転勤・そして再び大学へ

娘の誕生と離職

予定日の六週間前に産休に入った時は心底ほっとした。片道一時間半の通勤はとにかくきつかった。ようやく落ち着いて、生まれてくる子どものための衣類などミシンをかけて用意した。予定日から二週間を過ぎてやっと陣痛が来て入院したのだった。しかし陣痛は長く続き、やがて胎児の心音が乱れてきたのでドクターが数人がかりで出産に立ち会うことになり、無事に娘が生まれた時には涙が溢れた。可愛い女の子だった。この結婚のすべてを見ておられた神様の、ただ憐れみ以外の何ものでもないと思った。疲れ果てた私は全く母乳の出る気配がなく、看護師さんからもう無理なのかもしれないと言われたが、熱いタオルを当てて交代で懸命のマッサージをしてくださった翌日、やっと母乳が出るようになったときは本当に有り難かった。母は私のお産があまりに長引いたので心配の余り床についてしまい、その代わり父が休みの日に見舞ってくれた。夫は入退院の時は付き添ってくれたが、わずか五日間の入院の間も休みの日には山に行っていた。

娘は大きく生まれたせいか、元気で順調に発育してくれた。産休の間、住んでいる地域には〇歳児保育をしている保育園がなく、どうしたものか話し合おうとしたが、夫はまるで他人事のように聞く耳を持たず、情報を調べてと頼んでも全く動く気配すらないのだった。車がないので都心の保育園まで連れていくこともできず、今更私の実家に同居させてもらうのもはばかられて、私は仕方なく退職せざるをえなくなった。結婚前には私の家に同居するため設計図まで出来上がっていたのに、遠い郊外の宿舎が空いたからと私には何の相談もなく決めてしまい、こうして私が退職して家庭に入ることを夫や夫の身内は密かに喜んでいたのだろう。

九州へ転勤

娘が一歳を少し過ぎた頃、急に転勤の内示があり、一週間後には夫は九州の任地に着任していなければならなかった。娘はまだオムツもとれておらず、私には何もかも初めてのことで面食らうばかりだった。当時は遠距離の引っ越しはトラックではなくコンテナを使い、荷物が着くのは一週間後とかそんなタイムラグがあった。この話をアパートの友人に話すと、翌朝九時に彼女は我が家の玄関前に立ち「子どもを預かってあげる」といって両手を差し出してくれた。

思いがけない申し出に、途方に暮れていた私はただただ嬉しかった。ふだんからよく行き来はしていたが、二人の幼児がいるところに自分の娘までみてほしいとはとても言えなかったのだ。娘に昼食まで食べさせてくださり、夕方引き取りに伺うまで預かってくださった親切は骨身に沁みた。それは引っ越し作業が終わるまで続いたのだった。私は必死で荷造りをし、やっとのことで引っ越し荷物を運びだすとすぐに発令の日が来た。夫を見送る飛行場で初めて転勤の予定が五年と聞かされ、絶句した。

私は娘を連れて母と家路につく間、暗澹たる思いだった。自分に都合の悪いことは黙っている夫への不信感も相まって、結婚以来抑えていたものが沸々とこみ上げてきて、実家に帰るとすぐに受話器を取った。夫の母親が出てきたので、結婚前にはいずれ弁護士になるつもりで司法試験を受ける勉強をしていると聞いていたが、それはどういうことだったのかと問いただした。私を若輩者と思うのか、のらりくらりと交わすだけで、「ごめんね」という言葉ひとつなく、そばで心配そうにしている母に受話器を渡すと、電話の向こうで泣いているという。それも演技のうちなのか。もうこの女《ひと》とは、自分から関わることはすまいと思った。

転居して夏真っ盛りの熊本は、話には聞いていたものの日中は出歩けないほどの暑さなのに夜になると山からの冷気に包まれ、日中の気温との格差に体がついていかないという状態だった。私は熊本には全く知り合いがいなかったが、行く前に教会の先生から元教会員で定年後に熊本へ移住された老夫婦を紹介されていた。そのお宅は我が家から徒歩圏内にあり、お孫さんがいなかったのでことのほか娘を可愛がってくださった。私はこのご夫婦の他には親しい人がいなかったので、どれほど寂しさから救われたかしれない。日曜ごとに教会に行っても、婦人会に出ても方言の分からない私に友人はできなかった。島流しにあったような孤独な日々だった。夫は毎週のように山を歩き回り、反対しても正月の三が日から一人で登山に行く有様であった。そして帰ってくれば、自分が楽しんできたのになぜ一緒に喜べないのかと言う。私も、夫が山に行った日数分だけ子どもを連れて遠出を楽しむことにした。また、近くの貸本屋で雑誌を毎月五冊借りて隅から隅まで読み、家事の勉強をした。このとき身についた家事は後の福祉従事者時代の貧しい暮らしに大いに役立つこととなった。

そうした中で私はしだいに体調を崩し、ある日思い切って受診したところ、いきなり癌の疑いがあるので検査入院が必要だと言われ、心底びっくりしてしまった。夕食時にその話を夫にすると、「なんでそんな病気になったんだ」と声高に怒りをあらわにした。その言葉を聞いた私はさらなるショックを受けて返す言葉もなく、それまで冷静にしていたのに私の両頬を涙が幾筋も伝って流れ落ちた。私の体を気遣う言葉は何一つなかった。ずっと沈黙が続いた。その日の深夜、私は今までにないほどの激しい頭痛に見舞われ、慌ててトイレに行って何度も吐いた。それがこの先何十年と続く片頭痛の始まりだった。

後日私は癌の疑いがあるというので東京の病院で受診したが、事なきを得た。そして内科医の父から頭痛の予兆があったときに飲む薬を処方してもらい、それはいつも手放せないものになった。年に数回、強いストレスにさらされたときに発作が起きた。予兆を感じてすぐにその薬を飲んでも拍動性の激しい頭痛に襲われ、長い時は七、八時間も痛みが続き、体をエビのように曲げてひたすら痛みに耐えるだけであった。この激しい痛みに耐えるには想像以上のエネルギーを消耗し、発作の後は体重まで減った。この持病は六十代になるまで続いたのだった。

熊本に来て一年が経とうとするころ、突然朗報が入り東京に帰れることになった。当初は五年と聞いていただけに、私にとっては天から降って来たような話であった。祈りが聞かれたと思った。「いつもあなたのことを覚えて祈っています」とはがきに書いてくださった教会の老牧師をはじめ、周囲の方々の祈りの賜物であったと信じている。

転居先はまだ自然の残る東京の郊外であった。何棟も建つ団地の真ん中には公園もあり、若い夫婦が多いせいか、夕方になると子どものにぎやかな声が響き渡った。東京に戻ってやっと人心地ついた気分になった。

〝福祉〟の道を求めて

年を越して、私は再び大学で社会福祉を学ぶ決意をした。そうしなければ家庭の中に埋もれてしまうという危機感と焦りをどうすることもできなかった。母はそれを聞くとまたもや猛反対した。私のすることには必ず反対してきた母だった。私をカルト（？）宗教に引き入れたい一心からだったのだろう。ただ、結婚だけは例外だった。それは母をその集会にいざなったのが夫の母親だったので、恩義を感じていたからなのかも知れない。母は自分の立場を思って、私が家庭の中で何とか波風を立てないでいて欲しいと思っていたのだ。しかし私は、キリスト者としてどう生きるかをずっと模索し考え続けてきて、若い頃に与えられた信念をこの結婚で変えるつもりは毛頭なかった。

母の反対にあっても私は今度こそは譲らない覚悟をしていた。私は母に、「そんなに反対するなら、もう二度とこの家の敷居はまたがない」と言って、実家に別れを告げた。しばらくして母から、父に話したら、「もう二度と孫にも会えないのか」と気落ちした様子だったので、この間のことはなかったことにして赦してほしいという詫び状が届いた。私は釈然としなかった。母には何の論理性もなく、ただ反対のための反対だったことを知らされただけだった。すでに一児の母である私が、自分の蓄えで何をしようと親が干渉すること自体が許せないことだった。

入学試験は三月にあった。科目は社会福祉と英語それに面接で、大学を出て七年のブランクはきつかったが、面接では自分のやりたいこと、志していることを熱っぽく話したような気がする。ダメかと思っていたが、なぜか運よく合格した。自分でも不思議なくらいだった。真っ先に父に電話で報告すると、よかった、よかったと、心から喜んでくれた。父は私が勉学に励むのをことのほか喜んでいたし、非常に柔軟な考え方をする人だった。一方、夫は苦々しい顔をしていたが、学費を私の結婚前の蓄えから出す以上、反対はできなかったのだ。問題は、娘の保育だった。保育に欠ける事由が仕事ではなく学業のためなので、それがいかに仕事に結びつくものではあっても例外的な事由であるため、仕方なく市長宛てに手紙を書いて直訴した。すぐに丁重な返事が来て、今年は待機者が多いので無理だが来年は入れるようにしたいので、ぜひ勉学を頑張ってほしいとあった。学校は一年で大学院の二年分の単位数を取って修了するコースなので、そういう訳にはいかなかった。しかし、幸いにも当面は近所の方が娘を預かってくれることになり、安堵したのだった。

四月に入り、入学式があった。国内留学生として聴講にきていた自治体の職員数人を含め、クラスは二十人ほどであった。年齢も職歴もさまざまで、和気あいあいとした雰囲気だった。教授陣は福祉の分野で高名な方が多く、贅沢な時間を過ごさせてもらったものだと思う。授業の多くはゼミ形式で当番を決め順繰りに発題、討論するので、それなりに勉強していかねばならなかった。短い期間ではあったが、福祉の理論を系統だって学び、その根底に流れる福祉の思想にふれ、実践の方法論に至るまでを単に知識として教えられるだけでなく、討論や実習の中から共に学んだことは私の中で何ものにも代えがたい貴重な財産になったと思っている。

夏休みに入る頃、家が遠くて不便なため再び転居することにした。三年連続の真夏の引っ越しであった。学校では夏休みを利用して、行政から依頼のあった社会事業調査の実習が泊りがけであり、私も子どもを連れて参加した。クラスの人たちとも顔なじみになったので、二学期からは子どもを預けられない日は思い切って学校に連れていき、隣の席に座らせて、おとなしくオモチャで遊んでいるようにした。クラスの人たちも可愛がってくださり、どんなに助かったかしれない。私はとにかく必死だった。無事にレポートを全部出し終えた時は、心底ほっとした。しかしオイルショックの尾を引きずって、就職難から学部の学生でも半分は福祉の現場に就職することはできない時代であり、私もどこへも就職のめどが立たないまま卒業の日を迎えたのだった。

学校は終えても、このまま家に引っ込んでしまったらいつまでたっても道は開けないと思い、福祉の現場で研修を受けたり、ボランティアをしたりしていた。一年ほどたったころ、知り合いの先生から電話があった。総合病院で、産休代替の医療ソーシャルワーカーを求めているという。私は子どもを預けるところさえ見つかればと思いながらも、願ってもないことだったのでその話をつなげてもらった。その直後、それまで全く気づかなかったのに、偶然にも家のすぐ近くの民家に無認可保育室の表札があり、訪ねてみると、短期間なら預かってくれるという。しかもそこは、キリスト教保育を実践している場であった。私にはまさに渡りに船といった具合で、思ってもみないことだった。私は安心して仕事に従事することができたのだった。

その病院は四〇〇床ほどあり、その隣は生活保護受給者やホームレスの人を対象にした病院で、二つの病院は渡り廊下でつながっていた。医療は総合病院の医師が担当していて、隣の病院のケースワーカーに引き継ぐまでが私の仕事であった。毎日の外来患者も多く、新米の私はポケットベルを胸に院内を駆けずり回る日々であった。病院は社会福祉法人のため低所得世帯への減免措置があり、相談室に来る人々と接する中で、貧しい人々の中にむしろ真実な生き方があるように思われた。良い勉強にはなったが、人の仕事をつないでいくのは短期間でも骨が折れ、無事終えた時には正直ほっとした。

その後もボランティア団体に幾つか関わったりしたがほとんどは無給であり、持ち出すことが多かった。私は、家事をおろそかにしていたわけではないが、そうした私に向かって夫は不満を募らせ、自分に寄生していると一度ならず言うのだった。屈辱的な思いをしたが、定職につくまでと忍耐する日々であった。日本の福祉がコロニーをはじめとする施設中心の福祉から在宅福祉へとシフトしていく中で、私はこの時期のいろいろな現場での経験と学びがあったからこそ、後年在宅福祉の相談事業にも携われたのだと思う。

5. 神の御声にふれて

主イエスの御声が、私に

夫には鼻の持病があった。結婚前には治ると聞いていたものがますますひどくなり、手術することになった。通常は外来でする場合もあるのに、夫の場合は場所が悪かったのか、一週間の入院予定であった。手術は思いのほか時間がかかり、術後は安静の身で、回復ははかばかしくなかった。一週間後のその日には退院するはずであったが、そのめども立たない状態であった。

私はその日実家にいて、どうにも疲れ果てて朝は起きられないほどであった。教会を休み、午後オルガンを弾いていた。讃美歌の五〇〇番台を弾き始め、五二三番になって突然、「夫に愛されなくてもいいではないか。世の初めから、生まれる前からすでに選び、愛しているわたしがここにいる」という主イエスの御声が聞こえ、溢れ出るよろこびの涙を止めることができなかった。御姿こそ見えなかったが、オルガンを弾いている私の右横、二メートルくらい離れた所に主イエスが来ておられたのだ。何という恵み！　少しも見えなかったこの愚かさ、すべてが恵みに満ち溢れていることを感じ、帰途地下鉄の中でも溢れる涙に顔を押さえて、主イエスの胸に抱かれているよろこびをひしひしと味わったのだった。このような貧しい者を主が顧みて、語りかけてくださったというよろこびに打ち震えた、生涯忘れ得ぬ出来事だった。

その讃美歌は、私はそれまで歌ったこともなく初めて弾く曲であった。歌詞は、

1節　身に負いえぬ　かなしみは　深くうずめん　ほかぞなき。
はやくゆきて　ほうむれよ、負いなやみし　汝《な》がおもに。
2節　なさけふかき　イェス君は、汝《な》がかなしみ　知りたもう、
はやくゆきて　告げまつれ、こころのやみ　とく晴れなん。
3節　こころのやみ　はれもせば　なおなやめる　世のひとに、
はやくゆきて　知らせよや、すくいぬしの　みめぐみを

というものである。

鈍い私は、主イエスに語りかけられるまで、夫から言葉の暴力を受けても、自分が夫に愛さ

れていないということを認識してはいなかった。しかし、人の心を探り知る方である主より、この時はっきり知らされたのだった。旧約聖書の詩編一三九編の詩人が語るように、「わたしの舌がまだひと言も語らぬさきに　主よ、あなたはすべてを知っておられる」方なのだ。これこそが全知全能の主なる神なのである。この神をおいて他に私が信じ従っていけるものは何もないと心に深く思ったことだった。

人生の曲がり角

主の語りかけは、私を根底から揺さぶることになった。それは、私が母からたびたび聞かされてきた話を否応なく呼び覚ますことになる。まだ物心もつかない時に私は三つの感染症に同時にかかり危篤状態になったことだ。そのとき普通ではなかなか手に入らない高価な注射が何本も使われ、あとは天命を待つほかないという状態に陥ったという。この時、死ぬべきからだが生かされたのだ。戦後のまだ食糧難の時代に、私はたまたまそのような恩恵に浴することができたこと。その注射の一本でもあれば助かった人がいるかもしれないと思うと申し訳なく、たとえ自分の人生であっても勝手には生きられない、生かされている恵みをないがしろにはできず、何かの形で社会に還元していかねば、という思いに突き動かされることになった。

そのときの注射の傷跡は私のからだに刻印され、それは今なお消えず、私が受けた恵みを決して忘れることなく、神様から離れることのないようにと、ちょうど奴隷が耳に穴を開けてその主人から終生離れることのないようにした（旧約聖書出エジプト記二一章）のと同じ意味合いをもって私に迫ってくる。私は自分の人生が神様によって軌道修正されようとしている、その予兆らしきものを感じないわけにはいかなかった。

それから数日後の夜半に夫は大量の出血があり、貧血状態になった。出血はいつまでも止まらず絶対安静が続き、その後も大出血を繰り返すという有様だった。私は夕方になると決まって病院へ食事の差し入れに行ったが、いつも主イエスの語られた言葉が心のうちにあった。

四月に入り、娘の小学校の入学式が近づいても、夫の退院のめどは立たなかった。校門の前の満開の桜の木の下で、晴れの日を迎えた娘と二人で並んで立つと、一斉に咲き誇った淡い小さな花々が門出を祝ってくれているように感じられた。そして、軋轢の多い家庭でよくここまで育ってくれたものと、万感の思いがこみ上げてくるのだった。

それからしばらくして、ようやく夫は退院の運びとなった。夫の入院に付き添って行った日と退院を迎えた日とでは、私の心は様変わりしていた。今までこだわっていたことがとても小さく感じられ、私は私なりの生き方を模索していこうと心に決めていた。しかし娘のためにも、この長引いた入院を経て、少しでも家庭が変化してくれるなら、と私はかすかな期待を抱いていたことも事実である。けれどもその期待が打ち砕かれるのにたいして時間はかからなかった。娘の初めての運動会があり、学校はバス道路を挟んで向かいにある。私が何気なく「運動会、見に行かないの」といった言葉に、返ってきたのは「行かなくて何が悪い」というぶっきらぼうな返事だった。私はとりつく島がなかった。私は遠い昔の、一年生のときの運動会の日のことが思い出された。教室でコロッケパンの給食を食べているときだった。後ろの方でざわざわと運動会を見に来た父母たちの話し声がした。振り向くと、背の高い父の姿があった。どんなに忙しい人か、子どもも心にわかっていただけに嬉しかった。

私は気を取り直して、一人で娘の運動会を見に行った。大勢の父母の中から私を見つけた娘は嬉しそうに手を振ってくれた。

6. 私の「出エジプト」

離婚を決意

私が離婚を決意し、もう後へはひかないと心に決めたのは夫の入院から一年後、家族三人で珍しくコンサートに行った日の夜だった。バス停からの暗い夜道をただ黙々と歩いた。どう離婚を切り出そうか、私はそのことで頭がいっぱいだった。ほんの数分の道のりがとてつもなく長く感じられた。あの時、何が私に離婚を決意させたのか、今ではまるで覚えていない。多分ささいなことだったのだろう。しかし、私の中にたまりにたまっていたものが一瞬のうちに怒濤を打って流れ出し、私は切れてしまった。娘が寝入るのを待って、決意のほどを淡々と伝えた。夫は何も反論するでもなく、ひと言、分かったと言った。娘には一学期が終わってから話して聞かせることにした。ひと夏の準備期間を経て、新しい生活に移行する、そう話が決まった。こんなにすっきりと決まるとは思ってもみなかった。皮肉にも、初めて意見が一致したように思われた。

私はそれまでにも幾度となく離婚を考えてきた。そのつど子どものためにと踏みとどまってきたが、私としてはもう我慢の限界だった。しかし、離婚の決断は清水の舞台から飛び降りるほど、勇気のいることだった。どうやって食べていくか、どうやって職に就くか、何年も私は求職活動をしてきたのに、再就職は狭き門で一向に職につけなかったのである。定職のあてもなく、子どもを抱えて路頭に迷う自分の姿がまぶたに浮かんでは消えた。しかし、アブラハムが行く先も知らずに出ていったその信仰こそがよみせられる（旧約聖書創世記一二・一―五）のであれば、すべてを神に委ねて前に進むしかない。生きる、生かされるのであれば、とことんやれるだけやってみよう、私はそう思うしかなかった。

前後するが、その年の四月に電話相談の仕事の関係で、新たなプロジェクトを始めるので私にその準備を手伝ってほしいという話が舞い込んできた。それは死にゆく人やその家族を対象にしたもので、その種の相談事業はそれまで私は聞いたことがなかったので、ぜひやらせてほしいと応じたのだった。先ずはそれに類する本をかき集めて、猛勉強を始めたのであった。ところが夏前に、スポンサーとして名乗りをあげていた企業が突然にその事業から撤退すると言いだし、プロジェクトはあえなくおじゃんになってしまった。それで会社は私に、他の相談業務に加わってほしいと夜間の相談業務を依頼してきたのだ。しかし、学校が休みの間は子どもを実家に連れていっても、学校のある時は夜間子どもを家に置いて仕事に行くことはできないので、仕事は引き受けたいが子どもは誰にみてもらうのか、それが問題だった。私は、もうこのチャンスを逃しては一生、仕事につくことはできないかもしれないと強く夫に言った。夫は毎晩帰りも遅いこともあって、実家に行ってれば、とあっさり言ったのだった。それでいいのね、と私は念押しした。これこそが私が家を出て別居せざるを得ないという大義名分になったのだ。もし夜間の勤務にならなかったら、私は堂々と別居に踏み切ることは不可能だったし、夫は私のことを勝手に出ていったと言うだろう。今思えば、この時にたまたま夜間の仕事を成り行きで与えられたことは、私が離婚を前提とした別居に移行する、思いもしない絶好のチャンスになったのだ。これが神様の、人知では到底思い浮かびもしないお導きだったのだとつくづく思う。

私の「出エジプト」

娘には夏休み中に転居の話をして、娘も分かってくれたようだった。学校の手続きなどもあり、引っ越しは結局夏休み最後の日になってしまった。

引っ越しの朝、同じアパートの友人と古くからの友人が手伝いに来てくれた。私は夫の神経を逆なでしたくなかったので、前日までほとんど何も用意していなかった。トラックが昼過ぎに来るというのでそれまでに荷物をまとめなければならず、女三人力を合わせて必死の作業であった。私は、昼には何か店屋物でも取るつもりでいたが、同じアパートの友人が「カレーを作ってあるので家に来て」と私たちを呼んでくださり、子どもたちも交えて最後の食事を共にしたのだった。この頼もしい援軍のおかげで、私と娘は心温まる思いで去ることができたのだ。朝から降りしきる雨は、いざトラックに荷物を積み込む段になると、不思議とやんだ。友人たちに別れを告げて車が出発した。私は万感の思いを込めて手を振った。車が走り出すとまたしても雨が降り出し、いよいよ本降りになって車のガラスをたたきつけるほど雨脚は強くなり、遠くで雷鳴がした。夕立だった。先に電車で行った娘はどうしているだろう、私はひどく心配になり、一刻も早く小降りになってくれたらと祈るばかりだった。少したって「西の方が明るくなっていますよ」と言われて見上げると、薄日がさしている。ほっと安堵した。実家に着いたときはすっかり晴れ上がって、チャイムを押すと娘と母が出てきて、ひと安心した。娘は全く雨にはあわず、虹が見えたという。これからの人生を暗示するかのような空模様であった。

この日はまさに私にとっての「出エジプト」の日であり、新たな人生が始まる門出となったのだ。旧約聖書の出エジプト記には、エジプトで苦役を課せられたイスラエルの民がモーセに率いられ、乳と蜜の流れるカナンの地を目指しての四十年の荒野の旅路が記述されているが、私もまた先の見えない中で神様に見守られながら、希望をもってこの人生という旅路を娘と共に歩んでいきたいと願うのだった。

夢に現れた主イエス

翌九月一日、娘は近くの小学校に転校した。それは私の母校でもあった。娘はすぐにとけこめたようであったが、やがて行き渋る日もあり、新しい生活になじむまでには親子ともども苦労があった。私は少しでも生活の足しにするため、すぐに児童館で産休代替のアルバイトを始めた。母と家事を応分に負担し、かつ経済的には自立して、将来の生活設計を立て直していかなければならなかった。家を出てきたことは一度として後悔したことはなかったが、いろいろ思い悩む日々であった。そのような時、私は不思議な夢を見た。

その夢は、暗い海に一艘の小舟が浮かんでいて、人がひとり、小舟の端に座っていた。いとど哀れをもよおすような小さな舟で、一見したところ舟の中には何もないように見えた。私が「何もないのですか」と問うと、「イエスさまが共におられます」と答えが返ってきて、小舟の片端がまばゆいばかりに光り輝き、そこに主イエス・キリストの御姿があった。あたりは暗い中にも平安が満ち満ちていた。

目覚めて、このような夢をもって私を励まし慰め導いてくださる神様にただただ感謝し、この人生の終わりの日まで、主イエスから離れることなく、主イエスに従っていけるよう、ただそのことをのみ祈る日々であった。

年が明けて私は再び大学を受験した。これまで福祉の現場で、病む人、心悩める人と共に歩む人生を志してきたが、最も孤独の中にある、死に瀕している人、死を看取る仕事に関わりたいと思い、そのためには宗教的な学びが不可欠であると考えてのことだった。面接試験で何を学びたいですかと問われ、私はありのままに答えたところ、この学校ではそうした教育はできないと言われ、残念ながら不合格となった。またしても振出しに戻ってしまったが、「あなたのなすべき事を主にゆだねよ、そうすれば、あなたの計るところは必ず成る」（旧約聖書箴言一六・三、口語訳）との御言葉を与えられたのだった。

家を出て半年がたち、平穏な日々が流れていた。不思議なことに、別居した直後から私の記憶のある部分がすっぽり抜け落ちて、夫の顔すら思い出せないという状態だった。私の中ではもう遠い、遠い過去のことのように思われた。しかし教会の帰りに、夫が駅で待ち伏せしていたこともあったので、バスで行ける教会に移り、私は娘と二人だけで暮らせる家をあちこち探し回った。適当な物件はなかなか見当たらず、ある時、不動産屋の店先で物件情報を見て店の中に入ろうとすると、中から素早く女性が出てきて、私に母子家庭かを確かめると、「そういう方はお断りしているんです」と、私が店の中に入れないように、パタッと戸を閉めたのだった。私はあまりのことに涙がこみあげてきてその場に立ちつくしてしまった。まだ離婚はしていないものの、母子家庭の親というだけで門前払いをされる、初めて受けた差別だった。これが社会というものなのだと、背中から冷水を浴びせられたような思いがした。その頃私は、総合病院の病棟の事務職でパート勤務をしていた。当時は医療相談室のワーカーは必ずしも専門職の人がしていたわけではなく、事務職の人が横滑りすることが珍しくなかったのだ。パートとはいえ勤務は多忙を極めるものだった。

難航する話し合い

私は出てきた家に戻るつもりはなく、そろそろ決着をつけたかった。一筋縄でいかないことは承知の上だったが、一度ならず私を「寄生している」とまで言っておきながら、いざ離婚となると「自分は離婚される覚えはない」と開き直り、今さら何だろうと思うのだった。私は夫と冷静に話し合う自信はなかったので、父に何度か仲介の労を取ってもらうことにしたが、話し合いは大方、金銭のことのみに終始したという。父は、相手が少しも歩み寄る気配がないと知ると時間の浪費だと言い、私を交えて三人で話し合いをして、それを最後に手を引いた。その時、私の決意の一端が分かるような気がすると、初めて身内で父だけが私の理解者になってくれたのだった。

事態が進展せず悶々としていた頃、無料の法律相談があり、行ってみると偶然にもその弁護士さんが夫の職場のOBであることを知った。それこそ最後の切り札になると思った。またちょうどその頃、図書館で何気なく手にした本は〝差別〟を扱った本だった。私は引き付けられるようにしてその本を一気に読み終えると、どうしてもその著者に会いたくなり、思い切って連絡したところ、すぐに会ってくださることになった。その方はクリスチャンの弁護士であった。私は離婚を目前にして、これまでの経緯をありのままに話すと、「なぜあなたはそんなに我慢していたの。もっと早くすれば良かったのに」と、開口一番に言われた。理解してくださる方がここにもいる、と思うだけで目頭が熱くなり、私は自分の決断が間違っていないと感じたのだった。帰り際、相談料を払おうとすると、「きょうは結構です。あなたのこれからの人生の中で払っていってください」と言われ、私はその言葉を深く、重く受け止めた。この不幸な経験をプラスに転じる生き方をせねばと心を新たにする、私の人生を揺さぶるような出会いであった。

何回かの事務的な書面のやり取りの末、父の〝親としての責任を果たせ〟という言葉もあって、どうにか娘の将来に亘る取り決めをすることができたが、夫は自分は悪くないの一点張りで、謝罪の言葉一つなかった。ただ、父の存命中に決着がつけられたことは不幸中の幸いであった。すべてが神様の御守りのうちにあったとつくづく思う。

7. シングルマザーとなって

定職のないまま離婚

紆余曲折の末、暮れもおしつまった十二月半ば、晴れて離婚届けを出すことができた。その日は朝から青空が広がり、冬にしては暖かな日差しを身に受けて、これから新しい人生が始まると思うと感無量であった。長かった闘いの日々、不毛な時間を重ねる中で、どれほど待ちわびたことだろう。五年近く求職活動をしてきたのに、定職のないままの離婚であった。それは、清水の舞台から飛び降りるほどの決断だった。が、今では私はそれを誇りに思っている。なぜなら、私がすべてのことを神に委ねたという証でもあるからだ。それは聖書の「あなたがたの父なる神は、求めない先から、あなたがたに必要なものはご存じなのである」（マタイによる福音書六・八、口語訳）との御言葉を信じて委ねたからに他ならない。あとから思えば、その五年間でさまざまな研修や短期の仕事、ボランティア活動を通して福祉を幅広く学んだことは、何ものにも代えがたく、私が福祉の現場で働いていくために必要な時間だったのだ。

誰も離婚を想定して結婚する人はいない。やむを得ずして離婚という悲しい結末になってしまうのだ。教会での結婚は時として、〝神の前で誓ったのではないの〟と、問いただす人もいるが、離婚を決して認めないと律法にこだわることは、逆に人を裁くことであり、それは愛に根差したキリスト教の本質から外れているのではないかと私は思う。まして、下心があって、それゆえに見せかけの愛や虚偽と欺瞞に満ちたものであるなら、その誓いにはいったいいかほどの意味があるだろう。その誓いは無効になるはずだ。「愛には偽りがあってはなりません」（ローマの信徒への手紙一二・九）と、聖書は教えている。

私は自分の弱さゆえに、いつまでも決断できなかった。そういう私に神は寄り添って、勇気を与え、新たな道へと押しだしてくださったのだ。神はすべてを備えて、私の決断を長い間忍耐をもって待っておられたのではないかと思われる。なぜなら、ここに至るまでは長い道程であったが、私には思いもしない展開が幾つもあったのだ。それは、神の助けでなくして何であろう。

私が深い孤独の中でひたすら追い求めた神。神に祈り、神を求め、そして最も苦しい時に神と対峙することができたのだった。幼い娘を連れて足しげく通った教会、心は千々に乱れて御言葉が空しく響く時もあったが、祈りの中で、「神様何故なのですか、何故ですか、何故、何故」と神にぶつかり、反抗し、そうするうちにすべてが神の御手のうちにあることに気づかされ、本当の安らぎが与えられたのだった。

後日、私はたびたび相談にのってくださった教会の牧師に離婚を報告した。「辛く耐えがたいこともあったでしょう。よく耐えてきました」と、ねぎらってくださり、「自分の頭の上の蠅も追えないようでは、とても人の相談に与ることはできない」と言う私に、「むしろ、そういう経験があってこそできるのだ」と励ましていただいたことは大きな慰めであった。

再就職

離婚届を出して一週間後、障碍者団体から採用の報せが届いた。それは驚き以外の何ものでもなかった。しかも、まさにこのときに常勤職を与えられるとは。本当に神様のお導きであり、必要な時にすべてを備えてくださる主の恵みに感謝した。

年明け早々、十数人のこじんまりした職場に初出勤した。私の人生の新しい一ページが始まるという期待を胸に、少々緊張した面持ちでその日を迎えたのであった。私の他にも数人の女性が同時採用されていた。年齢も経歴もさまざまだった。私の仕事は、在宅の重度障碍者を家庭訪問し社会復帰を支援することであった。

しかし、三ヶ月の試用期間が過ぎてもすぐには賃金は明示されなかった。が、ともかく毎月一定の収入が得られるようになったので、私は実家から出て娘と二人だけの生活がしたいと思うようになった。晴れた日曜の午後、不動産屋に紹介されたマンションを見に行った。そこは私鉄の線路沿いにあり、以前にその前を電車で通った時に、ふとこんな家に住んでみたいと思った建物だった。偶然にもその一室が空いていて、狭いながらも日の光がさんさんと降り注ぐその部屋は気持ちまで明るくなるようで、二人共すっかり気に入ってしまった。電車が通る騒音のため、かえって楽器の練習も気兼ねなくでき、家賃も安く、一度でこんないいところが見つかるとは思ってもいなかった。すべてが備えられていると思った。その日はイースターだった。三日後の娘の十歳の誕生日に契約し、連休の合間に友人の助けを得て引っ越した。

二人だけの生活は自由で、友人たちが入れ代わり立ち代わり遊びに来るようになった。しかし経済的にはぎりぎりの状態で、収支は合うはずもないのに不思議なことになぜか生活は支えられていた。これが必要だと思うものは必ず安く手に入り、すべて与えられたと言っても過言ではない。給料は面接で聞いていた通り低く、基本給と通勤手当だけで、休日出勤にも手当は何もつかなかった。計算してみると生活保護費を下回っていた。しかし土日が休みだったので、子育て中の私には願ってもないことであった。

突然の解雇通告と労働組合の結成

秋風の立つ頃だった。仕事にも慣れると同時にだんだんと職場の内情も見えてきた。行政の委託事業をしていながら、職員の給与が余りにも低すぎることは傍目にも明らかで、職場には就業規則も賃金規定もなく、上司と取り巻きの数人で事が決まるのが常であった。

その日は、月一度の職員会議が終わろうとする時だった。突然、上司が職員全員の前で私に、「あんたにはここにいてもらわなくても構わない。どこへでもよそに行ってほしい。母子家庭だから採用してやったんだ」と言った。余りに唐突で私は返す言葉がなく、黙っていた。私は何もやましいことはしていないし解雇される覚えはなかった。娘がいても扶養手当はもらっていない上、他の職員と全く変わりない勤務形態である。それは母子家庭に対する差別以外の何ものでもなかった。まだリストラという言葉もない時代だった。

私はこの理不尽な解雇を鵜呑みにすることはできなかった。母子家庭の母は生活がかかっているためおいそれと仕事を辞められず、それが職場での苛《いじ》めのターゲットになるのだろう。しかし、この事態は私一人が動いたところでどうなるものでもない。職場の人たちはこの問題をどう考えているのか一人一人に打診してみた。すると労働条件、特に給与のことはみんなが不満を持っていて、経理が不透明なこと、上に立つ者がそれなりの器でないため仕事がやりにくいなど、思っていることは皆同じであった。さっそくみんなで話し合いを持ち、職員の過半数が仲間になった。一ヶ月後には労働組合を立ち上げ、私への解雇通告を撤回させたのだった。みんなが心を一つにしてくれたことは本当に有り難いことだった。

それからは労働基準法などをみんなで学び、自治体の担当者から委託費について聞くと、人件費の三分の一が使途不明であった。自治体の担当者は委託費の使途をチェックし、指導、監督する責任があるはずなのに、それは団体に任せているから双方で話し合いをしてほしいの一点張りであった。そうしたことを明るみに出していく中で、労使間の対立は一層深まり、私はそれまでの担当を外され、針の筵《むしろ》にいるような日々だった。しかし、ここで踏ん張らねばと全員の一致団結を図りながら組合活動を続け、近くの障碍者団体とも連携を取り、それは全国レベルの交流会にまで発展していった。そこで労働条件や賃金を比較すると、私たちの賃金は格段に低く話にもならないほどであった。世の中はバブル景気の全盛期であり、その格差は骨身に沁みるものだった。

勧奨退職へ

組合を結成して数年の間に組合員が退職で一人減り、二人減りして組合の活動ははかばかしくなかった。そのため関連の上部組織に加入したのだが、平日の団体交渉を任せてほしいと言われ、私が同席を希望しても交渉の時間や場所さえ明らかにせず、その内容すら説明されなかった。それもそのはず、上部組織はその交渉の場で、組合員を排除する方向で話し合いをしていたのだった。それはまさしく障碍者団体の望むところであり、権力に迎合していく労働組合の裏の顔であった。こうして団体は事業を縮小する形で組合員を排除し、勧奨退職へと追い込んでいったのである。この一連の経過の中で、彼らの手先になり、私たちを裏切った人はそれからほどなくして心不全であっけない死を遂げたのだった。

振り返れば五年余の歳月が流れていた。私は職場にはもはや何の未練もなかったし、私にできること、つまり不当な権力に抗うことは十分なし得たと思った。働く人の人権を守り、その生活を保障しなければ良いサービスにはつながらない。上に立つ者が福祉を食い物にして自分たちの利益や名誉を優先している限り、福祉は良くならず、障碍を負う弱い立場の人々はますます取り残されてしまう。世の中がバブル景気と言われた時代に、自治体の委託事業でありながら、普通に勤務しても生活保護を下回る賃金しか出さない障碍者団体を自治体は擁護してきたのだ。その結果は、安上がり福祉を推進してきたことに他ならない。考えようによっては、身障者の福祉向上のため、むしろ労使が協調して委託費の増額を要求すればよかったのだ。そうすれば、おのずと経理も透明にならざるを得ないだろう。私は、もはや踏ん張るに値する職場ではないと見切りをつけ、勧奨退職に応じたのだった。

しかし、この五年の間、仕事上で得たものは大きかった。日々、病気や事故により人生の途上で重度の障碍を負った方々に接する中で、人生の深い悲しみにふれたこと、健常者の私には到底理解することのできない魂の慟哭を肌で感じ、福祉に生きる者としての有り様を学ばせていただいたと思う。それを私は大切にしていきたいと思った。

父の死

私が組合活動にのめり込んでいるさなか、人一倍頑健だった父が重い病に倒れ、入退院を繰り返していた。それでも入院中に父は、患者さんのことが気がかりで、往診の依頼があれば病院の外出許可をもらい、往診に行っていたのであった。しかし、病は進行していて半年の闘病の末に亡くなった。父がこんなにも早くあっけなく逝ってしまい、一時は立ち直れないほどのショックを受けた。私は経済的な援助こそ受けていなかったが、父だけが頼りだった。

私が七年のブランクを経て再び大学で福祉の勉強をすることになった時、一番喜んでくれたのは父だった。そして労働組合のことをするにしても、父自身もかつて大学病院の医局で労組の委員長だったこともあり、よき理解者であった。その父がいなくなり、専業主婦だった母はショックから食事もとれないほど憔悴し、広い家にひとりにしておくには忍びなかった。次姉は私たちの同居には猛反対したが、誰も母と同居しないのなら私が同居するよりほかなかった。娘も同意してくれて、一ヶ月後に実家へ戻ったのだった。離婚からちょうど三年が過ぎていた。娘と年老いた母が私の両肩にかかってきた。しかし今思えば、扶養家族がいたからこそ頑張れたのだと思う。私の三十代も終わりのことだった。

8. 高齢者福祉の現場へ

失業から軽い〝うつ〟に

失業した私は、しばらく体を休めてから再出発すればよいと考えていた。ところが実際に失業してみると、生来せっかちな私はそんな悠長な気分にはなれなかった。離職の理由が解雇だったので雇用保険はすぐおりたが、元の収入が少ないので雀の涙ほどしかなく、アルバイトでもしなければどうにもならなかった。定職がないという不安はもう表現のしようのないものだった。一ヶ月ほどたったころ、何となく体がだるく、自分の体を持て余すような日々が続いた。寝ても一向に疲れがとれず、憂うつな気分で、気の滅入るような毎日であった。しだいに夜も何度か目が覚めるようになり、頭も重く、自分では処しがたくなったので受診した。気さくな医師は、「四十も過ぎるとだいたいなんかかんか出てくるんですよ」と言われ、私はその言葉に安心したというか、妙に納得したのだった。三回目の通院で先生は私の顔を見るなり、「あー、元気になった」と思わず大きな声を発せられ、私も自信がついてその後はすっかり軽快した。

私は図書館や障碍者の共同作業所でアルバイトをしながら、ひたすら就職のチャンスを待っていた。秋口になって、来春開設するという高齢者の通所施設「在宅サービスセンター」で責任者として働いてほしいという話が舞い込んできた。その頃は在宅サービスセンターが徐々に増えて、運営のマニュアルもでき、その自治体もその種の施設を作って住民の期待に応えようという機運が高まっていたのだ。私はその事業の担当者に会い、目下建築中の建物を見学し、ここならと就職を決めたのだった。そして、これまでとは比較にならないほど良い労働条件を提示され、思ってもみないことだった。捨てる神あれば拾う神あり、というのはまさにこのことなのだろう。本当に主のお導きの中に置かれていることを実感するのだった。年明けてから、開設準備のためパートとして勤務することになった。

高齢者在宅サービスセンターの職員に

失業してちょうど一年後、私は常勤職員として再び福祉の現場に戻ることができた。振り返れば、長い一年だったように思う。新しい職場は、常勤とパートを合わせても十数人のこじんまりしたものだったが、施設に通所する高齢者のケアだけでなく、地域に暮らす一人暮らしの高齢者や介護している家族へのサービスなど、ニーズは多岐に亘っていた。通所を前に訪問調査で身体状況や家庭環境などを考慮した上でサービスにつなげていくのであるが、こうした家庭訪問は地域を知る上で非常に役立った。送迎バスを使っての通所施設のため、座位の保てない重度の障碍者を受け入れることはできなかったが、認知症の方は徘徊癖があってもできるだけ受け入れるようにした。しかし、施設は車イス用に玄関を自動ドアにしたため、ちょっと目を離したスキに利用者が施設から出て行かれたりしたこともあって、絶えず目配りが必要であった。

利用者の平均年齢は八十歳を越え、中には九十代の方もいて、元気なように見えてもいつ何が起きても不思議ではない年齢であった。転倒すれば骨折の危険があり、一日を無事に過ごしていただくこと、それに尽きると言っても過言ではない。一人暮らしや日中家族が不在という方は通所を心待ちにされ、それは職員にとっても嬉しいことであった。

そうした中で、集団の持つ力には目を見張るものがあった。マヒやその他の病気があっても、集団の中に入ればその人なりに頑張れるのである。ある時、いつも杖を手放せない片マヒの方が杖を持っていないことに気づき、「あ、私、杖なしで歩いていた」と言われたときには皆びっくりしてしまった。障碍を持っている方は往々にして思い込みや先入観に支配されやすい。

自分では無理と思っていても、仲間の力強い励ましや支えが一番の薬になるようだ。そしてできたことを皆で喜び合う、それがまた次へのステップにつながっていくのである。施設は二階に食堂があり、昼食で一階から二階へ移動するときはリハビリのためできるだけ階段を使っていただくようにしていた。皆が階段を使えば私もという具合に、日々のわずかな努力が実を結ぶのだ。たとえ高齢であっても。

利用者は身体状況もさまざまであったが、デイケアのプログラムは皆で無理なくできるグループワークを念頭に、体や指先を使うもの、創作したり、声を出してストレスを発散できるものなどを用意した。時には調理のお手伝いでラッキョウの皮むきをするとか、そういう時には認知症の商家のおばあさんが手際よくこなし、普段とは別人のようであった。得意なことをみんなの前ででき、自信にもつながったと思う。そのラッキョウが後日、昼食のカレーに出てきたのだった。プログラムの講師には少しでも高齢者の心理を理解できるように、シルバーボランティアをお願いした。しかし、何といっても職員の協力があったからこそできたのであった。

しかし、開所して二年目に職員の退職や病休が重なり、欠員の補充ができずにその状態が三ヶ月にも及んでしまった。そのしわ寄せは私と主任のケアワーカーにもろにかかってきて、ついに二人とも過労でダウンし、私は慢性疲労症候群のような感じで倦怠感がひどく、電車通勤すらおぼつかない状態になってしまった。このまま病休で休むのは周囲にどれほど迷惑をかけることになるかしれないと思い、すぐに退職の決断をした。こうした福祉の現場で、利用者が事故やけがもなく一日を無事過ごしていただくためには、ケアする側は相当の体力を要するのはむろんのこと、神経をすり減らしてしまうのである。家庭の大事なお年寄りを預かっているのである。ケアの行き届いている家は老人のケアが大変だということを十分理解されているが、そうでない家族にはそれが分からず、万一ことが起きたときはどういう事態になるか、そうした事態を防ぐためには先ず職員が自分の健康を維持することが最優先課題である。そのためには働く者が疲れを溜めないうちに休みを取れるように、人材バンク等を作り、施設相互で協力し合っていける体制づくりが急務であると思ったものだ。

特養併設の在宅サービスセンターへ

私は半年ほどの自宅療養の後、自宅からバスで通える高齢者施設に再び勤務することになった。そこは特養に併設されたサービスセンターで、建築中であった。その頃はデイケアの開設が雨後の筍のようにあったので、どの施設も経験者を欲していたのである。しかし、発足当初からこの施設の有りようには疑問を抱かざるを得なかった。それは何よりも人事に問題があったからだ。特養の施設長が在宅サービスセンター長も兼務し、施設長の娘が特養の指導員になったが、二人とも福祉系の学校は出ておらず、娘は全くの素人で未経験者であった。特養は入所者が一〇〇人の定員に対し、介護士の大半は福祉専門校の新卒で、ベテランはごくわずかといった具合で、この職員構成でやっていくのかと思うと正直ぞっとした。国で決められた職員配置基準が二十年来据え置きのままで、実際人手不足のところへ、高齢化と重度化が進んだ高齢者を同数介護していくためには、ベテランでないと行き届いたケアは言わずもがな無理である。そうしたしわ寄せはすべて入所者に跳ね返ってくるのだ。最初から、おかしなスタートだった。

実際、施設が始まってみると、何ごとも施設長が独断で決め、その施設長を立てているのが娘であった。しばらくすると施設長の周りはイエスマンだけがはべるようになり、自分たちと考え方の合わない職員は会議から締め出し、排除して孤立させ、その職員の言動を施設長に密告させて全員でつるし上げる、それが施設長の苛《いじ》めの構図であった。社会福祉法人なのに理事会は全く開かれず、独裁そのものであった。公設民営の施設であれば、あまり勝手なまねは許されないと思うが、後から思えば、幹部同士でつながっていたのではないかと勘ぐってしまう。こうした施設運営は当然のことながら、入所者やその家族にまで波及し、知らず知らずのうちに、自由にものが言えなくなる雰囲気を作っていったのだった。

施設は入所者にとり生活の場である。終の住処となる施設での暮らしは、入所者ひとりひとりにとってどんなに大切なものであろうか。北欧のデンマークやスウェーデンでは高齢者が施設で暮らす場合、「自宅にいるのと同じように快適に暮らすという権利」を保障しなければならないことが定められている。日本では考えられないことである。私は、入所施設で指導的立場に立つ人は福祉や看護、介護などをそれなりの専門学校で学び、トレーニングを受けてくるのが入所者に対する最低の礼儀ではないかと思う。机上で学ぶことには限界があり、いろいろな考え方にふれ、その中で福祉従事者としての資質を高め、偏狭な考え方に陥らないように心していなければ、入所者への適切な助言や処遇はできるはずはないと思う。

施設で暮らすということ

施設で暮らす人々にとって最も哀しいことは、他に行き場のないことである。従って、不本意なことでもぐっと言葉を飲み込んで我慢せざるを得ない、そういうことが人によっては日常茶飯なのかもしれない。だから、入所した頃は和らいだ表情をされていても、施設の生活が長くなればだんだんとそれが顔に表れてくるのだ。入所者の方々の表情を見ればおのずとその施設の有りようが窺えるのである。施設はボランティアを活用したり、もっと社会とつながって風通しを良くしなければ、施設も入所者も社会から孤立した存在になってしまう。そして往々にして職員は処遇という名のもとに、入所者の気持ちや意見をなおざりにして、まるで自分たちにすべての決定権があるかのようにふるまい、それを当然のごとくに思い込んでいたりする。入所者の多くは、住み慣れた家や家族から離れて孤独に耐えて余生を送っている人々であることを、職員は自分事として、心して考えるべきと思う。

その施設には認知症の方のための閉鎖フロアがあった。しかし、認知症と診断されていてもごく普通の会話ができる方もおり、施設に慣れるまではと施設長が家族との面会を禁止していたのだった。ついに、その方が食事を拒否するようになり、そうなってから初めて家族を呼んで面会が実現したのだった。その方の和らいだ表情を見た時はほっとしたものだ。専門的知識のない施設長の心ない越権行為によって、入所者も家族もどれほど深い心の傷を負ったことだろう。その後も、何ごともなかったように権力に胡坐《あぐら》をかいている姿は腹立たしい限りであった。こうした施設の独善的な運営に、反対の意思を示さないことは、黙認という形で加担していることに変わりはない。

入所者や家族が不利益を被ることなく実情を聞いてもらえる相談電話や第三者機関の福祉オ

ンブズマン制度がもっと気軽に利用できるようになることを期待したい。施設はあくまで入所者が主体であり、それを側面的に援助していくのが施設ケアの基本であるからだ。

退職してから数年後に、ふと全国紙朝刊の三面記事に目を落とした時だった。この施設を名指して介護保険施設の認可を取り消すという記事が目に入った。しかも、この施設の不正のために同じ区内の施設まで連帯責任として認可を取り消すとあった。なぜそういう事態になったのか詳しいことは分からないが、ついに社会から断罪されたのだ。聖書にも、「覆われているもので現されないものはなく、隠されているもので知られずに済むものはない」（ルカによる福音書一二・二）とあるように、隠されたことは必ず表に出るのだ。この施設での経験は実に苦いものであったが、私に福祉従事者としての転機をもたらしてくれたのだった。

9. 自立をめざして起業

起業

施設は上に立つ人次第だと身をもって経験した私は、しばらく実務の勉強をした後、介護用品の販売と介護相談を受け付ける小さな会社（相談室）を立ち上げた。それは、同居する母が高齢のため何かあって休みたいときでも、施設勤務では急な休みが取りづらいこと、また、地域を訪問して歩いた経験から、特養の入所者よりずっと重度の障碍を負う高齢者を、老いた妻や夫が孤軍奮闘して介護している姿を目の当たりにしたからである。そうした家族に適切な介護用品をアドバイスし、少しでも介護の負担が減って楽になればとの思いからであった。

しかしそうは言っても、最初は閑古鳥の鳴くような日々であった。なぜなら、介護している家族は、代わりに看てくれる人がいなければ片時も休めず、相談に来る時間はもとより、体を休める時間さえなかったのだから当然すぎるくらい当然のことだった。

私が先行きのことをいろいろ思いめぐらしている時、知人からソーシャルワーカーを求めている会社があると聞いて、すぐに話をつなげてもらった。それは偶然にも、先代の社長が亡き父と親しい関係にあった会社だった。そのことを知人に話すと、さっそく面接の日取りを決めてくれた。不思議なことに、面接の前夜に父が夢枕に立ったのである。面接では社長が同席して、亡き父のことが話題になった。さっそく、非常勤の電話相談員として働かせてもらうことになり、本当に有り難いことだった。相談員の大半は看護職であったが、私も月一回の研修には必ず出席し、みんなと親しくなれるよう心がけた。

海外スタディツアーへ

また、私はフリーとなって、ようやくまとまった休みが取れるようになった。しかもこの当時は海外へのスタディツアーがいろいろ企画されていて、私はある婦人団体が主催する北欧の旅をたまたま知って、一人で参加することにした。福祉先進国であるデンマークとスウェーデンの旅で、老人アパートや老人ホーム、デイサービスセンター、認知症高齢者のためのグループホーム、補助器具センター等々の他、女性のためのシェルターなどを見学して回り、目が開かれる思いがした。

その頃は、バブル景気にやや陰りがさしてきた時期であったが、その数年前にはお金を潤沢に使えたせいか、日本から国会議員や行政の関係者が数多く見学に来ていたという。しかし、その後の福祉を見ても、福祉先進国の福祉を少しでも取り入れるような動きはほとんど見られず、ただ箱モノを作り、そこに入れる中身、例えば職員の配置基準や人件費などは旧態依然としていて、彼らはいったい何のために海外研修をしたのか、公費を使っての物見遊山だったのかと思うと怒りが沸々とこみ上げてくるのだった。

この旅で私が深く感銘を受けたことは、北欧の国がいかに人権を尊重しているかという点であった。それは、介護が必要で仕方なく施設に入る場合でも、家にいるのと同様の快適さを求める権利があり、しかもそれが明文化されていたことである。日本では、いまだに施設に快適さを求めるなど夢のまた夢ではないだろうか。介護保険が導入されてもなお、施設の職員に気兼ねしたり、家族でさえも施設の職員と対等の立場に立てない現実がある。

特にデンマークでは、徘徊癖のある認知症の高齢者でも、その当時は拘束はもちろん、鍵をかけることすら法律で禁じられていたのだ。それ故、高齢者が簡単に外部へは出ていけないよう施設の庭をきれいに花々や木々で整え、仮に一人で庭に出たとしても自然と回遊して元の場所に戻ってこられるような工夫がなされていた。また、身障者の施設では、介護職の身体的負担をなくすため、リフト（体を持ち上げる機械）がずらっと並び、介護する側もされる側も負荷がかからないよう配慮されているのだった。私には何から何まで驚きの連続であった。しかし、そうした先進的福祉に国民が満足しているかというと、意外にもそうではなく、孤独を訴える不満の声が圧倒的に多かったことをアンケート調査は示している。

また、翌年にはオーストラリアの医療と福祉を見学する旅に参加し、ホスピスを含む地域医療の実態や連携する福祉サービスを種々見学することができた。思いがけなく数々の学びを得て帰国したが、安上がり福祉を国是とするようなどこかの国では、一介のソーシャルワーカーにすぎない私が何を言ったところで、所詮ごまめの歯ぎしりだろう。私はせめて、使い勝手の良い介護用品や気持ちを明るくし、且つ衛生的な紙オムツ等の消耗品を揃えて、個別の相談にのりたいと改めて思ったのだった。

地下鉄サリン事件の朝に

都会で暮らしていると思わぬ事件に遭遇するものだ。その日の朝、私はいつも通り家を出て後楽園駅から地下鉄丸ノ内線に乗った。この丸ノ内線は、東京では銀座線に次いで二番目にできた地下鉄で、都心の中枢を走る路線である。乗降客の多い主要駅は始発の池袋から、御茶ノ水、大手町、東京、銀座、霞ケ関、国会議事堂前、赤坂見附の各駅を経由して新宿へと続くのである。私が乗った電車は、その朝、霞ケ関駅に停車してもドアが開かず、どうしたのだろうと思ってホームを見ると、人気はなく、ほどなく「このまま通過します」という車内アナウンスがあり、電車はそのまま隣駅の国会議事堂前まで走ったのだった。

私が事件の詳細を知ったのは夕方、帰宅してからだった。事件のあった霞ケ関駅では、車内にあった毒物を乗客が足でホームに押し出し、そのあと片づけをされた霞ケ関駅助役の高橋さんという方が犠牲になられたのだった。もしこの毒物が混んだ車内や駅構内に流れ出ていたら、大惨事になっていたことだろう。そして私も、もう少し早めに家を出ていたら、と思うだけでぞっとしたものだ。日々の暮らしが何ごともなくて当たり前のように思っているが、決してそうではないことを知らされた出来事であった。

病院の待合室で母が脳梗塞に

相談室で帰り支度をしていると、電話が鳴った。母からだった。病院の待合室で倒れて、今まで点滴を受けていたという。先生から話があるというので私は急いで病院に向かった。その日は母の通院日で、朝から一人で病院に行っていたのだ。病院に着くと広い待合室に母がポツンと座っていて、看護師さんに案内されて先生の詳しい説明を受けた。脳梗塞だという。本当は、今晩だけでも入院して欲しいがあいにくベッドがいっぱいなので、何か変わったことがあったらすぐ救急車で来てほしいということだった。よりによって、大学病院の待合室で脳梗塞の発作を起こすとは、母は何と幸運なことだったろう。すぐに手当てしていただいたお陰で、何の後遺症も残さずに済んだのだった。私はほっと安堵し、守られていることを心から神様に感謝した。

それからほどなくして二人で台所に立っている時だった。突然、鴨居のところからザァーザァーと音を立てて水が流れ落ちてきた。二階のベランダで母が花に水やりをした後、うっかり水道の蛇口を閉め忘れ、ホースの先から水が数時間も流れっぱなしになってしまったのだ。水はすでに家全体に回ってしまっていた。この時には考えも及ばなかったが、この漏水の一件が私の人生を大きく変えることになったのだった。

10. 転居と滞在施設のオープン

家の売却と転居

漏水した我が家はすでに築四十五年、あちこち手を入れても、もうどこをどう直しても無駄のような気がした。それというのも阪神大震災を経験した知人から、材質の異なる建物は振幅の違いによってそのつなぎ目が大きい揺れに耐え切れず、危ないと聞いていたからだ。我が家はすでに二回の建て増しをしていて、古家はもう寄る年波には勝てず、売れる時に売るしかないと思った。それに、家はバス道路から二軒目にあり、以前からその道路を拡張して国道にするという計画が徐々に進んでいたのだが、父が亡くなってまもなく、バス道路に面した隣家がその土地の半分を道路拡張のため供与し、代わりに四階建てのビルを我が家との境界線上に建て替えたのだった。その時日照権も建蔽率も不問に付されたので、真南に一メートルの隙間もなく建った四階建てのビルのために、我が家は一年を通して日の光が射すことはなくなってしまった。それから八年、部屋はいつも薄暗くて冬は寒く、私は冬場になると体調を崩すのが常だった。それでも長く暮らした家は愛着もひとしおであり、姉の強い反対もあって、売却は苦渋の決断だった。

しかし、さいわいにも家は数ヶ月後に良い条件で売却でき、そのうえ買主さんが良い方だったので家の明け渡しをしばらく待ってくださった。その間に私はあちこち転居先を探して歩き回り、その甲斐あって気に入った物件に出会うことができたのだった。その家は、南側に庭があり、日の光がさんさんとふりそそぐ明るい家で、庭仕事の好きな母のためには、願ってもないことだった。もし漏水の一件がなかったなら、転居することはなかったかと思う。禍福はあざなえる縄のごとしというが、本当に何が幸いするのか、どこに神様の御手が働くのか、それは私たちの知るところではない。「天が下のすべての事には季節があり、すべてのわざには時がある」（旧約聖書伝道の書三・一、口語訳）の聖句を噛みしめたのだった。

マンションの購入

私は、いよいよ生まれ育った土地から離れることになったとき、馴れ親しんだ地域への愛着は捨てがたく、ちょうどバブルがはじけて地価が急激に下落した時でもあり、同じ区内に適当な物件を探すことにした。それは、これまでの私の不本意な職場経験から、老後は自分の理想とする福祉の実践の場を持ちたいというのが、かねてからの夢であったからだ。

私は新聞広告を見て、さっそく不動産屋に内見を依頼した。その物件は駅にも近く、築二十年とは思えないほどきれいな家で、私はいっぺんに気に入ってしまった。しかし、この物件を買ってよいものかどうか確信が持てなかったので、もう少し値下げしてもらえるなら購入したいと思い、交渉したところ、売主さんのご主人がじっと私の顔を見て、「あなたに買ってほしい」と言ってくださったのだ。これが福祉の実践の場として与えられたものだという確信は私の中でゆるぎないものとなった。他所を見て回ることもなく、たった一回で決められたことを感謝した。

そこはバブルの絶頂期にはとても手が出ない物件であったが、地価が暴落したこと、そして亡き父の忠告を守り、離婚の際に元夫と折半したお金（元夫は娘の幼児洗礼にも猛反対し、私が自分の収入の中から教会に感謝献金することさえ厭うほどであった。それで私は自分のできることは極力自分でして、お金を使わないようにしたので、別れる時はサラリーマンの平均貯蓄額の倍以上あった）を預けたままにしておいたのが功を奏し、バブル期の高金利で元金が何倍にも膨らんだことなど、全く予期しない条件が重なって私は念願のマンションを手に入れたのだった。まさに上より与えられたものであり、感無量の思いだった。

滞在施設のオープン

私はマンションを購入したもののまだ何に使うかは決めていなかった。ちょうどその頃、難病で先進医療を受けるため地方から上京してくる患者さんや付き添い家族が、治療が長引くと経済的に逼迫し、宿泊先に困っているという新聞記事を目にしたのだった。私は早速その先駆的な活動をしている施設を見学し、まだ施設が数少ないこと、そして自主管理でも運営できるということから、その施設を始めることにした。そのマンションは小さいながらも三部屋あり、三家族が共同で使うのにちょうど良い間取りの上、先進医療を行う病院が近くに何ヶ所もあって、すべてがそのために備えられているように思われた。

私はすぐに周囲に呼びかけて協力を求めたところ、次々に賛同者が現れ、とくに会社の同僚は医療関係者ばかりなので実情を理解し、大いに支えられた。また、近くにはカトリック教会とプロテスタント教会があり、そこでもボランティアの申し出や献金など、継続的な支援をいただくことができた。そして什器や備品もいろいろな方が持ち寄ってくださり、短期間のうちにひととおり自炊ができるまでに揃えることができたのだった。ある方はチラシを作ってくださり、私はそれを持ってＰＲのため近隣の大きな病院に足を運んだ。私はこの間に、前にもまして物が二重に見えるようになり、眼鏡屋で脳腫瘍の疑いがあると言われ、ともかくレールさえ敷いておけばと準備を急いだ。こうしてマンションを購入してからわずか一ヶ月後に、滞在施設はオープンの運びとなった。後日私は脳外科で受診したところ異常はなく、ほっとしたのだった。

11. 飛びついたオーナーチェンジ

初めての助成金

滞在施設はオープンしたものの宣伝が行き届かないのか、一ヶ月たっても二ヶ月たっても一人の利用者もなく、このままでは運営していけるのか不安な日々が続いていた。四ヶ月目に入ったその日に、ようやく利用者を迎えることができたのだった。これを皮切りにポツポツと利用者が増えていったが、累積赤字も増えていく一方であった。私は、三年は続けますと言った手前、なんとか運営費を捻出せねばと、何度も企業の助成金を申請したのだった。しかしそれは考えた以上に狭き門であり、もう無理かと思ったが、ついにフランスベッドの助成財団から選ばれて、五〇万円をいただけることになった。感無量であった。こうした一流企業から助成金をいただくということは団体の信用にもつながり、この一件がはずみとなって、それ以後はさまざまな企業や市民団体からも助成金をいただけるようになったのだった。

そもそも私がこの施設を始める前は、利用者の自主管理で簡単にやっていけるものと思っていた。ところがいざ始めてみると、重い病気の方々ばかりで、亡くなることも珍しくなく、遠方から知る人もいない大都会へ来て、離れて暮らす家族のこと、子どもの重い病気のことなど、付き添うお母さんたちの心配や不安は計り知れないものがあり、利用者の方が増えれば、ただ部屋を提供するだけではなく、おのずといろいろな用事も増えてきた。私の会社の出勤日にはボランティアさんにお願いするとしても、私はそれ以外の仕事をしていく余裕がなくなってしまい、私自身の生活が経済的に安定しなければ施設の継続は難しい、さりとて利用者の窮状を考えれば利用料の値上げもできず、思い悩む日々だった。

飛びついたオーナーチェンジ

そうしたある日のこと、新聞のチラシが目に留まった。それは、マンションのオーナーチェンジの広告だった。見ると自宅から徒歩圏内で、しかも格安の物件だった。私は思わず、〝これだ！〟と直感し、すぐ不動産屋に行き、その日のうちに法務局にも出向いていろいろ調べ、その小さな古いマンションを購入することに決めたのだった。有り金をはたいて、足りない分は借金をした。これでわずかながらも月々家賃が入ることになり、やっと人心地ついた気がした。

しかし後日私は、そのマンションが大変な曰《いわ》くつきの物件であったことを知らされたのだ。というのも、その地域は大分前から再開発が予定されており、そのために地域住民や幹線道路に関わる業者、行政の人などが毎月数十人集まって、今後どうするかを協議している、そういう先の見えない課題を抱えた地域だったのである。私はそれを全く知らないで買ってしまったのだ。格安のはずである。道路事情などは通常、不動産屋が前もって告知する義務があるのではないかと思うのだが、私は、もう買ってしまったものは、成り行きにまかせるほかないと腹をくくったのだった。

娘の自立

娘が就職して二年目の冬、自立して家を出て行くと聞いたのは、寝耳に水だった。すでにマンションも見つけているという。私は頭が真っ白になり、もう言葉もなかった。これから母がますます年老いて手がかかるようになることは目に見えていた。しかしだからと言って、それを理由に娘の自立を阻むなら、それは私が母から受けてきた嫌な思いを娘に引き継ぐことになってしまう。娘には自由に自分の人生を歩んでほしい。それが母子家庭の親として、せめてもの願いであった。友人は、「娘が自立して出て行けば、もう二度と一緒に暮らしてもらえることはないわよ」と忠告してくれたのだが、新しい一歩を踏み出そうとしている娘を引き留めることは、娘の気持ちを挫くことに他ならない。私は悶々とする日々だった。

畢竟《ひっきょう》、親の務めは子どもを精神的にも経済的にも自立させることだと分かってはいても、娘が何故もっと早くに前もって言ってくれなかったのか、私の中では恨めしく思う気持ちがあった。しかし考えてみれば、娘をそうさせた原因は他ならぬ私自身にあったのだ。私が母との不要ないさかいを避けたいために、自分のことは誰にも相談することなくさっさと自分で決めていくというのが私のやり方だった。娘は、私と同じことをしたに過ぎない。身から出た錆だと思った。娘と離れて暮らすことを思うと、悲しみで胸が張り裂けそうな気がした。

しかし振り返れば、娘とは普通の親子のような親密な関係を築くことは無理であった。福祉の現場にいれば、自分の家庭を優先することはできない。娘の高校の入学式はちょうどデイサービスの入所式と重なり、仕方なく親しい友人に代わりに行ってもらった。娘が大人になって一緒に旅行に行きたくてもその頃は母が高齢で、代わりに留守番を頼める人もなく、二人して出かけることは叶わなかった。そもそも施設では障碍者や高齢者の身体的介助をする立場ではなくても、責任のある仕事なので帰宅すればいつもくたくたであった。まだ二十歳そこその若い介護福祉士でさえ、休みの日には昼過ぎまで寝ていないと身がもたないと言っていたものだ。忙しさにかまけて娘とゆっくり話をする時間も余裕もなかったこと、娘には子どもの頃からどんなに淋しい思いをさせてきたかと思うと申し訳なさでいっぱいになる。同じ境遇の一人親家庭の子どもが集まって皆で楽しめるイベントなどがあったらどんなにいいだろうと思ったことだった。

犬が我が家へ

折も折、動物を守る会から電話があった。それは、飼い主の事情で飼えなくなったペットを斡旋するボランティア団体で、私はしばらく前に犬を飼いたいと申し込んでいたのであった。何というタイミングだろう。前の家では、私や娘が犬を飼いたいと言っても、母が猛反対して飼えないという経緯があった。それが今回は、私が動物を守る会から教えられた家に行くと、やっと飼主さんが見つかったとほっとした様子がありありと見て取れ、私は成り行きでその犬を引き取ることになってしまった。母から何と言われようが仕方がない、と覚悟した。その犬は毛が長くふさふさした白い雑種の中型犬であった。数日後に、犬小屋と食器類それに大量のペットフードを携えて、その犬は我が家にやってきた。それは、娘が家を出て行く二週間前のことだった。

その犬にとって、私は四番目の飼主になったのだった。切羽詰まった事情からたらい回しにされ、三軒の家を転々とした犬は、人知れず苦労した過去があった。そのせいか、自分の置かれた立場をわきまえているかのようだった。私はこの犬にどれほど助けられたかしれない。娘が家を出て行ってから、もしこの犬がいなかったなら、私はどうやって淋しさを紛らわしたことだろう。私が母をミニデイ（介護保険を受けていない人のためのデイサービス）に送っていくときは犬も散歩がてら連れていくのだが、その犬は何度も後ろを振り返っては母の足元を見て、「おばあちゃん、つまずかないように気をつけて歩くのよ」と言わんばかりであった。また、私が初めて行った場所で、帰り道に迷ってしまったときは、犬が要所要所で立ち止まって教えてくれるのであった。犬がいてくれるので、母と私の関係も幾分和やかなものになった。

守られた滞在施設の日々

滞在施設は三年を過ぎた頃には、とくにＰＲをしなくても利用が途絶えることはなくなり、累積赤字も解消できてほっとしたのだった。しかし、人件費や交通費を出すと活動そのものができなくなるという状況に変わりはなかった。ある年のクリスマスに利用者のためにと大口献金が寄せられたので、それを長期滞在者支援基金にし、一ヶ月を超える利用者には利用料を半額の千円にすることができた。施設は集合住宅でもあり、事故もなく毎日が無事に過ぎていくこと、それのみを願う日々であった。振り返ってみれば、不思議なことの連続で、神の御手が働いて守られていたとしか言いようがないのだ。そして、そのことを通して、「心配することはない。私がいつもついている」と主イエスが私に語りかけてくださっているように思われた。

利用者の多くは病気のことでパニックかそれに近い状態だったので、施設の鍵は持ち歩かず、玄関わきの小さなドアの中のキーボックスに保管するようにしていた。そして、私が時々そのキーボックスの暗証番号を変えていたのだった。ある時、番号を変えるためにダイヤルをぐるぐる回しているうちに、どこかでカチッと音がしたようなのに、それがどこだか分からなくなってしまい、私は落ち着いて、落ち着いてと自分に言い聞かせながら、四桁の数字を合わせようと半時間ほどキーボックスと格闘した。しかし、四桁の数字の配列は何千通りあるのだろうか、私は仕方なく鍵屋に持っていくことにした。しかし、私はもしかしてとわずかな期待を捨てきれずに、歩いている間も指はダイヤルをぐるぐる回していた。駅に着くとホームでばったり同じ教会の友人に出会い、帰る方向が同じだったので電車の中でも私はダイヤルを回しながらずっと話し続け、いよいよ彼女が降りる駅に近づいて電車がホームに入ったまさにその時に、キーボックスのふたがストンと下にスライドして開いたのだった。私は興奮のあまり「あいた、あいた」と思わず叫んでいた。彼女が降りる寸前にキーボックスのふたが開いたのは、このことを彼女に見せるため、特別に神様が開けられたのではないかと思うのだった。

施設では、ボランティアが手作り品などを持ち寄ってバザーをするほか、教会のバザーや地域でのイベントで出店することがあった。献品が集まらないで困っていると、タイミングよく社会福祉協議会から「バザーに出す品物はいりませんか」と電話があり、受話器を置くとすぐ、「何かお仕事ありますか」とボランティアさんから問い合わせがあって、廃業するおもちゃ屋さんから山のようにプラモデルをもらい、それがバザーで飛ぶように売れたことも懐かしい思い出である。

また、行政の補助金がない代わりに、企業などから毎年のように助成金をいただき運営費に充てていた。助成金は通常千円未満はカットされるのだが、その時に限って助成額が見積書と同額の一円の端数まで記載してあった。私はあまり考えもせず、カーテンなど何点も購入した品物の値段を後でトータルしてみると、消費税もかかっているのに見積書と一円の単位までぴったり同じだった。係の人に報告書を出すと、「あっ、」と驚きの声をあげたのだった。そんなことがあるだろうかと、不思議に思ったことだった。

この滞在施設をしていて嬉しかったことの一つは、思いがけずボランティアや利用者の中から受洗者が出たことであった。このささやかな活動を通して主イエス・キリストを証しすることができれば、これにまさる喜びはない。遠隔地からはるばる来て、重かった病気も劇的に良くなって退院する方がいる一方、治療の甲斐なく、悲嘆のうちに帰郷される方がいた。とくに子どもを亡くされた方々の深い悲しみに主が寄り添ってくださるようにと祈ったことだった。

12．出会いと別れ

四十五年ぶりの再会

玄関を開けると、初老の男女が立っていた。名前を聞くまではどこの誰かも分からなかったが、従姉が夫婦で訪ねてきたのだった。それもそのはず、実に四十五年ぶりの再会だった。従姉は東京の音大を出た後、広島に帰ってピアノの教師をしていたのだ。私が子どもの頃に広島で会って以来のことで、定年になったので、子どもたちのいる東京に家を建て移住することにしたという。それも同じ区内の我が家までバス一本の近いところに転居したとは。全く思いがけないことだった。それからはこの従姉がよく家に来て、母の相手をしてくれるようになった。施設のことにも協力的で、私も頼れる人ができてどんなに助かったかしれない。

ちょうど滞在施設では七周年を迎える時期であったが、この年に入ってからなぜか利用者が半減し、このままではどうなるのか先の見通しが立たない状況に置かれていた。私は、一つの区切りとして、カトリック教会の一室を借り感謝会を催したのだった。遠方からも、これまで支えてくださった方が二十人ほど集まり、心のこもった会になった。

その後も利用者の減少に歯止めがかからなかった。考えてみれば、この七年で滞在施設を取り巻く状況は著しく変わっていた。都内には大きな立派な滞在施設ができ、また都心の病院は患者数が増えて手狭になったため郊外に移転したり、地方でも医療が進み難病の治療が可能になってきたことなど、こうしたことが利用者が減った要因だった。私は曰《いわ》く付きの古いマンションが空室になったのを機に、そこへ滞在施設を移転することにした。

飼犬の死

従姉との再会から一ヶ月後、八月の暑い夏の盛りだった。犬の具合が急に悪くなり、足が立たないようになった。それでも一時は回復するかのように見えたが、三日後に急死した時は、まだ十二歳であった。獣医さんから贈られた花束に埋もれて、お棺の中で眠る犬は安らかな寝顔だった。庭の百日紅《さるすべり》が後にも先にもないほど満開の花をつけてくれたのは、犬の死を悼んでくれたからだろうか。前の飼主さんに犬の写真を添えてお知らせすると「犬の顔が変わった、可愛がっていただき、みんなで涙しました。犬を引き取っていただいた直後に心臓病で入院する羽目になったので、本当に助かりました」とあった。

犬が我が家に来てくれて五年半、私は犬が死んで多くのことに気づかされたのだった。犬はつつましく何も持たず、あるがままに、ただ健気に生きているというだけで周囲に大きな慰めを与えてくれたのだ。たとえ不本意な人生でも、それに翻弄されることなく、勇気をもって恥ずかしくない人生を送るように、誠実に生きることを。それは他者のためではなく他ならぬ自分自身のためなのだと、そんなことを教えてくれたような気がする。そして、本当の幸せは足もとのささやかなところにあるということも。

振り返ってみると、娘が自立して家を出て行く二週間前に犬が来てくれたこと、そして、犬が亡くなるひと月前に、四十五年ぶりに従姉と再会して行き来が始まったこと、そうした一連の出来事に、私は偶然とは言い難い何か不思議なものを感ぜずにはいられない。神様はすべてを見ておられて、その時々に必要なものをあらかじめ備えていてくださっていることを心に強く思った。それは「目が見もせず、耳が聞きもせず、人の心に思い浮かびもしなかったことを、神は御自分を愛する者たちに準備された」（コリントの信徒への手紙一、二・九）との聖句にあるように。

木枯らし吹く夜に母が迷子に

犬が亡くなって、家はシーンと静まり返ったようになった。私が夕方不在の時は、犬のトイレをさせてご飯をやるのは母の役目だった。その母の仕事がなくなってしまったので、介護保険を申請し、デイサービスに行ってもらうことにした。母は日常生活のことはすべて自立していたが、すでに九十三歳であった。犬の世話をしてきたようでも、実は犬が母をみていてくれて、そのおかげで私も心配なく出歩き、自由に仕事ができたのであった。犬はよく吠える番犬であった。

その年も明けて、木枯らしの吹く寒い日だった。すでに日の暮れた夕刻、帰宅すると火の気がなかった。母はいったいどこへ行ってしまったのだろう。私は心配で心当たりに次々電話したが、何の情報も得られなかった。翌日は私の誕生日である。もしかしてデパートに行ったのかもしれないと、店内アナウンスを頼んだが応答はなかったという。七時過ぎに交番に届け出たが、九時になっても連絡はなかった。もし今夜帰らなかったら、これが最期になるかもしれないと私は思った。それほどに寒い夜だった。外は真っ暗で、探しに行きたくても一人ではどうすることもできない。従姉が心配して、「私にできることだったら何でも言って」と電話をくれたことは心強く有り難かった。私は祈りつつ、ただひたすら待つだけだった。九時四〇分ごろ、電話が鳴った。母を乗せているタクシーの運転手さんからだった。私は夜道を走って迎えに行った。母に気づいた方がタクシーに乗せてくれたという。私は、見ず知らずの方が母にしてくださった親切が心に沁みた。この時私は、仕事をしながら、ひとりで母をみていく限界を感じたのだった。

夢を追って

前年の秋に、何としたことか、私が喜々として京都の大学で、しかも神学部で講義を受けている夢を見たのだ。高齢の母と同居していた私は、五、六年ほどは一晩も家を空けたことはなく、まして一泊の旅行さえしたことがないのに、そんなことは全く考えも及ばないことであったが、なぜかその夢は心に深く残るものだった。私はいろいろ思案した末、思い切って編入試験を受けたのだった。もしその夢が本当に神様が示されたことであるなら、すべては備えられるはずだと思ったからであった。試験当日の朝、私ははやる心を押さえきれず新幹線のホームをひた走った。その時、新たな人生の始まりを示唆するかのようにブラームスの交響曲第一番の旋律が心に響いてきたのだった。ここに至るまでのさまざまなことが回想され、一歩を踏み出せたことは決して自分の力ではなく、主が共にいて励まし導いてくださったからこそと思うと、深い感動がさざ波のように押し寄せ涙が溢れてきた。試験が終わると、何ごともなかったようにとんぼ返りした。数日後、合格通知を手にした時は、夢を追って、まさにその夢が一歩現実に近づいたように思われ、うれしさもひとしおであった。

年が明けてすぐに私は母の老人ホーム探しを始めた。都内では費用が高いばかりで、これといった施設に出会えず、近県にまで足を延ばすことになった。二月に入ってようやく見つかり、体験入居の末に入所を決めたが、母を説得するのは至難の業だった。そもそも母は、私が京都の大学に行くということが納得できないのだった。私は従姉に助っ人を頼み、家に来てもらった。「今でないと勉強はできないのよ」と従姉は我がことのように熱を込めて説得してくれた。母は渋々分かったような顔をした。しかし今度は、京都についてきて一緒に暮らしたいという。私は、お金がないので安い寮に入るつもりだときっぱり言った。

ところが、申し込んでいた女子寮の審査に落ちたという連絡が、三月になってからあったのだ。私は、女子寮に入れれば経済的に何とかなると思っていただけに、大変なショックだった。一夜明けた翌日、久々に不動産屋から電話があった。滞在施設を移転した後のマンションを賃貸に出していたのだが、ようやく借り手がついて明日から入居するという。そのマンションは、近隣に新築マンションが次々建ったため、丸一年も借り手がつかないでいたのだった。私はその電話を受けた時、声も出ないほどびっくりした。その家賃収入があれば、経済的には何の心配もなく生活していけるのだ。こうして神様は絶妙なタイミングですべてを備えてくださり、私が高齢の母を一人でみていく悩みを、私が勉学のために京都へ旅立つことで解決へと導かれたのだった。翌々日、私は住まい探しのため急遽《きゅうきょ》京都に向かった。地理に不案内な私のため、大阪の友人が京都の知人に話をつなげて、その方が物件を一緒に見て歩いてくださり、大学のすぐ近くに住まいを決めることができ安堵した。入学まで、母の老人ホーム入所の支度と私自身の下宿への引っ越し、加えて滞在施設の引継ぎなど、多忙を極めた日々だった。

13．神学部に学士入学

久々の学生生活

私は神学部の三年次に編入した。久々の学生生活は何もかも新鮮に映り、今までにない解放感を味わうことになった。やっと肩の荷を下ろした気がした。大学に通う道すがら、抜けるような青い空に映える松の緑と遠くに山々を見渡せる光景は一幅の絵のように美しく、自分が京都にいるということが信じられないほど不思議に思われてくるのだった。一人になって人生を振り返り、休息をとることが私には必要だったのだと思う。

この学生生活で私の心を捉えたのは、教授に案内されて行ったキリシタンの里であった。京都市内の殉教の史跡を一巡した後、大阪の茨木まで足を延ばし、隠れキリシタンの人々に思いを馳せながらその近辺を散策して史料館を見学した。これをきっかけに、私はザビエルのいた山口やキリシタン大名で名高い大友宗麟のいた大分まで資料を求めて行くことになった。信仰は私と神の一対一の関係であるが、同時に信仰共同体としての側面も見落とせない。禁教により宣教師が国外追放になった後も、厳しい迫害の手をくぐり抜け、信徒の集まりだけで信仰を数百年間も維持できたことは驚くべきことで、私が注目したのは、この信徒の力というか組織力であった。もちろん、そこには生きて働く神の力があったことは言うまでもない。これが私の生涯を通して学びのテーマになったのだった。

また、ギリシャ語で初めて聖書の原典にふれたときは、感動で胸が高鳴ったものだ。秋学期からは、私が滞在施設で直面した課題であるスピリチュアルケアについて、思いがけず神戸の大学院で学ぶことができたのも大きな収穫であった。私は無事に一年を終え、考えるところがあって大学院に進むことにした。

知的障碍者のグループホームの世話人に

前年の秋、滞在施設の入るマンションが再開発地域に入り、実施主体が東京都に決まると計画は具体性を帯び、異例の速さで種々のことが決まっていった。三月中に家を明け渡すことを条件に補償金が下りることになり、大学院の入学金や授業料等で出費のかさんだ私には願ってもないことだった。そのため、やむなく滞在施設は一時休止することになった。振り返れば二十年ほど前、行政の事業で道路の拡張をした時には我が家には何の補償もなかったことを思うと、うれしさもひとしおだった。

しかし家の明け渡しで、滞在施設の家財道具を実家に運ぶための引っ越し作業をしている時、また一つトラブルに見舞われたのだ。それは京都の下宿のことだった。それまでの下宿は大学に近くて便利であったが、東京から知り合いが来た時に泊まれるように、私は少し広い下宿を早めに契約していた。しかし三月も半ばを過ぎてから、転居の直前に大家さんから荷物をたくさん持ち込まないで欲しいと言われ、納得できずにキャンセルしたのだった。もっと早めに、契約の時に言うべきことではないかと私は思った。どうしようかと困っていると、翌朝、所属教会の牧師から電話があり、教会員のYさんが働く知的障碍者の施設でグループホームの世話人を求めているという。私はともかく住まいを確保しなくてはという思いから、渡りに船とばかり、四月からそこに勤務することにした。それにしても何というタイミングだろうと、私には神様のお導きとしか思えず、とても有り難いことだった。また、東京都から下りた補償金は新しいマンションが建つまでの三年間分の家賃であり、これだけあれば経済的には何も心配することなく生活でき、しかもグループホームは住み込みの勤務なので家賃はいらず、社会保険もついてそれなりの給与もあり、何もかも恵まれたスタートとなった。

四月から私は大学院生として、またグループホームの世話人としての生活が始まった。グループホームは大きな三階建ての民家を借りており、設備も整ったきれいな家であった。そこに共同作業所に通う中年の女性四人と同じ屋根の下で暮らすことになったのだ。朝夕の食事の支度や家の掃除、金銭管理などが私の主な仕事であったが、たまに一緒に出かけることもあり、そういう時にはいわゆる世間の目を感じることがあった。彼女たちが幼い時から知的障碍のゆえに蔑みの目で見られたり、時として屈辱にも耐えなければならない悲しみの人生であることを、共に暮らす中で私は知ったのだった。このグループホームでの経験は私には得難いものであったが、夏を前に学業との両立に体力的な限界を感じ、退職せざるを得なくなった。

大学院中退と滞在施設の再開

秋学期からは、大学から遠くなったが、友人の知り合いが所有するマンションを借りることができた。私は心機一転、今まで集中できなかった修士論文にやっと向き合うようになった。十日ほどたったころ、すっーと私の中を通り抜けていくものがあった。それは今までに感じたことのないものであった。一瞬のことであったが、その時、私は東京に戻って滞在施設を再開することを決断したのだった。東京を出た時にはおよそ考えもしないことであった。大学の手続きを終え、何の迷いもなく、さっぱりした気持ちで帰京した。

東京に戻ると、共にボランティアで活動してきた方々が思いのほか喜んでくださり、私も古巣に帰ってきたという安堵感に包まれたのだった。施設は実家の二階を使うことにし、すぐに再開のお知らせを各方面に出したところ、再開の日を待つまでもなく、昨日息子の具合が急に悪くなって上京しましたと電話があり、早速その日から利用者を迎えることになった。初期の頃から利用されている青森の方だった。

タイへ――宣教旅行に参加して

翌年、私は少数民族の暮らすタイの奥地へ宣教旅行に誘われ、短期だったので参加した。そこはカレン族の集落で、教会の隣には寄宿舎のある小学校があり、親元を離れて大勢の子どもたちが学んでいた。その子どもたちの歌う讃美歌は力強く、言葉は分からなくても心に響くものがあった。そこで幾日か過ごした後、エイズの施設や知的障碍者の共同作業所、バンコク日本人教会などを訪ねたが、とくに印象に残ったのはハンセン病の療養所であった。広い敷地内に家族単位で暮らす小舎が並び、患者は家族と一緒に暮らしているが、外見からは誰が患者であるか分からないのだ。私が前に訪ねた岡山のハンセン病療養所のように失明したり、手指や顔に病の跡が残る重症の方は見受けられず、日本の戦前、戦中の療養所が自給自足で、患者が農作業などの肉体労働をし、それによって病が進行したと思うのは素人考えなのか？　ともあれ、日本の患者の方々が療養所の中でいかに苦労を重ねてこられたかを窺い知ることになった。

北条民雄の私小説に「いのちの初夜」というのがある。私が深く感銘を受けた小説である。主人公は入院初日に初めて癩という病の本当の恐ろしさを知る。それは同時に、いのちの再発見であった。肉体のすべてを冒されてもなおしぶとく生きるいのちは、自己のものであって自己のものではない。与えられたものに他ならない。我々は生きているのではなく生かされているのだ。絶望的になる主人公に対し、癩病院の付添人は「癩になる前の健康体であった自分を、癩になった後もなお追い求めるから苦悩や絶望があるのではないか。すでに失ったものを追い求めても徒労に終わるだけである。だから癩者になりきる、つまり今までの自分に死んで癩者の生活を始めるなら、その時に新しい思想、新しい眼を持って、再び人間として生き返るのだ」という。その意味で、きょうという日は新しい命に生きる初めての日に他ならない。だから「いのちの初夜」だという。それはまさに復活である。古い自分に死んで新しい命に生きる。これこそキリスト教の真髄であると思う。

タイで出会った看護師さんは日本のキリスト者団体から派遣されていて、素足につっかけの患者さんの足を、傷口がないかを調べながら毎日洗っているということだった。異国で長年、他者に仕えるその働きには頭が下がる思いであった。

　私はこの旅行の後、何が原因かわからないが、体調を崩して起き上がることもままならない状態が続いた。一日中ずっと寝たきりで、血液検査の結果は大変シビアな状態ということだった。薬は処方されなかったが、周囲の方々の熱い祈りのお陰で助かったのだと思う。せっかく再開した施設だったが、十年を区切りに幕を下ろすことにした。最後に利用者を数えてみると、延べ三千家族を超えていた。すべて主の御手により守られてきたゆえと思う。

14．終の住処となるはずが

化学物質過敏症に

ちょうど三年を経て、再開発地域に新しいマンションが竣工した。その一室がいよいよ私の終の住処になると思うと、鍵をもらった日はうれしくていささか興奮気味であった。私は所属教会の牧師に新居の祈りに来ていただくよう依頼していたが、思いたってその朝、婦人会の親しい方に同席していただき、その新しい住まいで新居の祈りの時を持った。このマンションが十年の紆余曲折の末に与えられたことを思うと感慨もひとしおであった。朝から快晴であったが、午後になると気温がグングン上昇し、まだ四月なのに汗ばむ陽気となった。お二人が帰られた後、私は新築の家に暮らすというのは初めてのことだったので、うきうきと窓も開けずに室内をあちこち隈なく見て、数時間を過ごしたのだった。

翌日、私はいつもとは違う体調の変化に気づき一日家で休んでいたが、その翌日以降も同じ症状が続いて引っ越しは先延ばしした。一ヶ月後に受診すると、典型的なシックハウス（化学物質過敏症）だという。先生は、もう治らないし治療の方法もないとはっきり言われたのだった。私はその時はショックだったが、後から思えば先生がそのようにはっきり言ってくださったことをとても有り難く思っている。早く診断がついたので自分でもそれなりに気をつけて、重症になるのを防げたからだ。それでも長い間、私は大量に接着剤を使っている靴や革製品の店、ホームセンターなどには息苦しくて入店することはできなかった。それから私はマンションの換気のため、朝に夕に窓の開け閉めだけに通う日々が続いたが、いつまでたっても匂いは鼻についてどうしようもなかった。

しかし、使わないのももったいないので、所属教会の家庭集会と知人のグループの聖書研究会に使っていただき、それとは別に私は毎週友人たちと短時間の聖書を学ぶ会を始めたのだった。部屋は十五階だったので、夏以降は夜もベランダの掃き出し窓二ヶ所を開けたままにして、ひたすら匂いが消えるのを待っていた。

マンションが売れる！

ちょうど一年がたって急に気温が上昇した日だった。化学物質が大量に気化したせいか、入居した頃と全く変わらないほど匂いが鼻についた。一年間ひたすら換気を続けてきたのにと思うと、私は愕然とした。私はそこに暮らすことはもはや無理だと諦め、売却することにした。部屋がきれいなままだったことや、キッチンに立つと正面の大きな掃き出し窓から空全体が見渡せるように間取りを変更したのが幸いしたのか、すぐに買い手がつき新築同様の価格で売れたのだった。私は思ってもみない大金を手にしたのだが、元はと言えば、私がずっと騙されて買ったと思い続けてきた古くて狭いマンションが、二転三転してこういう結果になり、それは予想だにしていないことだった。

私は、これは上より与えられたものと思い、私自身が滞在施設で多くの方から支援していただいたので、経費を差し引いた半分を民間の福祉団体や教会に献金し、残りの半分を手元に残すことにした。それは後日、母から相続した古い家のリフォームと姉たちへ相続の遺留分としてすべて充てることができたのだった。

母の死と脱カルト

母の老人ホームでの暮らしも六年目に入った。元気に暮らしていたが、東日本大震災の前日にエレベーターに乗ろうとして、わずか一センチの段差につまずき転倒したのだった。そのエレベーターはいつも廊下より高い位置で止まるので、私は前から気になっていた。たまたまその朝ホームに行くと、母はホームの職員と整形外科で受診を待っているところだった。さいわい骨に異常はなくほっとしたのだったが、翌日の震災で施設は入所者全員を一階のフロアに集め、長時間そこで過ごすことになった。母はしんどいので何度も横になりたいと訴えたのに、女性の施設長からもう少し我慢してと言われ続け、日中ずっとイスに座ったままであったとは介護職員の話であった。母はそれが原因で胸の圧迫骨折を起こしたのだ。すでに百一歳であった。それからは痛みのため食事もほとんど喉を通らず、あっという間に体重も激減したのだった。施設は全く非を認めず、県の介護保険課にも苦情を言ったが、何の効果もなかった。溝の口駅に近い有料老人ホームだった。夏には区内のホームに移ることができたが、そこで再び転倒して入院。肺炎のため帰らぬ人となった。

母は常々、死んだら牧師さんに枕辺で祈りをしてもらうだけでいい、葬式はいらないと言っていた。それは父の最期もそうだったように、自分のために大事な時間を割いてもらう必要はないという気持ちからであった。

私が喪主を務め、知り合いの牧師さんに依頼してささやかな家族葬で見送った。母はずっと昔に教会を離れ、キリスト教を標榜するカルトのような集会に四十年も属していたが、有料の老人ホームに入ってからは、母の献金を当てにできないと思ったのか、その集会の方から遠ざかっていった。それは老人の孤独な余生に拍車をかける行為であったと思う。母亡き後も、その集会はなしのつぶてであった。しかし生前、母の方でも心に思うことがあったのか、ホームを移るときにはその集会に関わる書物など「全部捨てちゃって」と、事もなげに言ったのは驚きだった。そして私との間にあった軋轢に心を痛めたのか、自分の持てるものすべてをもってしても、私に償うことはできないという母の言葉で和解したのだった。

母が最初に入所したホームでは母の他にもクリスチャンの方がいて、近くのルーテル教会が車で迎えに来てくださり、毎週の礼拝に与れたことは本当に感謝なことであった。

“地域共生のいえ”として

母が遺してくれた家は、長年母と同居した私が相続することになった。築三十五年の家はあちこち傷んではいたが造りもしっかりしており、バリアフリーにして地域の一人暮らしの高齢者のために自宅を開放したいという気持ちもあって、リフォームをした。その際には化学物質をわずかでも室内に取り込まないよう古い壁紙はそのままに、建築資材はもちろん、塗料や接着剤なども事前に匂いを嗅いで逐一確かめたうえでの必要最低限のリフォームであった。しかし以前から雨漏りがしていたため、屋根を葺き替えたり外壁の工事での大きな建築資材は道路と反対側に隣接する駐車場から搬入させてもらい、大いに助けられた。数ヶ月後に、その駐車場にテラスハウスを建てる工事が始まった。それは寝耳に水のことであったが、突き当たりの奥まった場所にある我が家は駐車場を使えたからこそリフォームができたのであって、まさに間一髪のところであった。

家の工事が終わったので、私はさっそく区の社会福祉協議会と「トラストまちづくり」という行政の外郭団体に協力を求め、半年後に自宅を〝地域共生のいえ〟としてオープンし、地域の高齢者を対象にひとり暮らしの方のための昼食会やうたの会を始めた。思いの外、とても楽しみにされて毎回バスで来られる方も何人かおられた。唱歌や童謡など昔懐かしい歌をピアノに合わせてみんなで歌い、お菓子をつまみながらおしゃべりに花を咲かせ、和気あいあいとした楽しい交わりの場であった。多くは八十代から九十代の方々であった。また、高齢者に限らず「おしゃべりカフェ」という形で自由な交流の場を設け、近くには青年のための求職活動をサポートするセンターがあり、そこへも参加を呼びかけた。しかし三年後に残念ながらコロナのため、うたの会や昼食会を休止するよう要請があり、事実上活動はそこで中止することになった。

また、私が化学物質過敏症になったマンションで始めた聖書の会は、家の工事で一時中断することはあったが引き続き自宅で継続することができた。後には二人の牧師さんのご厚意で月一度の小さな集まりに快く時間を割いていただき、お二人合わせて五年間ほど続いた。しばらくして「牧師館だったマンションが隠退の時、私の名義になったんですよ！」と先生から嬉しい知らせが、もう一人の先生も総合大学のチャップレンになられ、私はそれを聞いて本当に良かったと心から思った。

15. コロナ禍に新天地を求めて

地球温暖化で年々暑くなってきた夏、化学物質過敏症の私は暑さが体に応えるようになってきた。わずか一度気温が上昇するだけで、有害化学物質が気化する量はおびただしく増えるという。とくに交通量の激しい都会では、車の排気ガスが空気中に有害化学物質をまき散らし、意識せずに蝕まれる健康被害は誰にとっても深刻な問題のはずだ。私は夏の間だけでも空気のきれいな所で過ごしたいといろいろ探したが、地方には短期で借りられる物件が少なく半ば諦めていたところ、偶然ネットでシェアハウスを見つけた。問い合わせると、入居の条件が何と六十五歳以上で、しかも女性に限るとは！　私にピッタリの条件であった。

私はひと夏をそこで暮らすことにした。庭の家庭菜園でとれる新鮮な野菜をいただき、週に一度車でスーパーへ一緒に買い物に行き、一つ屋根の下で和やかに暮らせたことは、一人暮らしの私には貴重な時間であった。空気も水もきれいで、見上げる空も美しく、日の沈むころはだんだんと茜色に染まって暮れ行く空を眺めていると時がたつのも忘れるくらいであった。ここなら何とか一人で暮らしていけると思った私は、帰る頃にはその土地がすっかり気に入って、私が住めるような物件を探したのだが、あいにく適当なものはなかった。

半年後にその家の方が近くに売家が出たと連絡してくださり、不動産屋に詳しい情報を送ってもらった。ちょうどコロナが流行ってきた時期なので、下火になったら見に行きたいと先延ばししている間に物件は大幅に値下がりし、私は内見後、即決したのだった。

その元手となったのは最初に滞在施設を始めたマンションであった。私は移転して空室になったそのマンションをしばらく賃貸に出していたのだが、DV被害者を支援するNPO法人にシェルターとして貸したのを最後にマンションを売却してしまった。その後、何十年と重度のスギ花粉症で悩んでいた私は、さいわいにもスギのない軽井沢の駅近くに、安価で古い小さなマンションを与えられたのであった。しかし何年か後に留守中の室内に不審者が侵入したのでやむなく手放すことになったが、思いがけず私はその資金で終の住処を手に入れたのだった。

その家は築三十年の古い戸建てだが、広くて空気の流れる家だ。建築資材に使われる有害化学物質のホルムアルデヒドは、微量だが半永久的に空気中に放散すると言われ、そのため化学物質過敏症の者には換気が欠かせない。私は、傷んだ外壁を塗装し水回りに手を加え、念のため一年半を経過してから転居した。コロナ禍では外出を控え家で過ごす時間も多くなったが、安心して暮らせるのは本当に有り難い。

年を重ねた今、「わたしはあなたがたの年老いるまで変らず、白髪となるまで、あなたがたを持ち運ぶ。わたしは造ったゆえ、必ず負い、持ち運び、かつ救う」（旧約聖書イザヤ書四六・四、口語訳）という御言葉はしみじみと心の奥深くに沁みて、私を奮い立たせてくれる。私自身がずっと若い頃から、神様の御手の中で大切に持ち運ばれる存在であったということ、それはどれほど大きな慰めであり、励ましであったことだろう。これから後も、私は神様の御手の中で生かされる幸いを噛みしめたいと思う。主と共に、主にすべてを委ねて。

あとがき

私はこの半世紀余り、家を転々とし、職も転々としてきた。それは必ずしも私が望んでそうしてきたことばかりではなく、否応なくそうせざるを得ない状況に置かれたからだった。世間的には母子家庭と聞くと、貧しくて可哀想というイメージが先行するのか、軽く見られて、セクハラまがいのことを平気でされたり、職場では実際に母子家庭ゆえの差別的な扱いを受けてきた。娘もまた学校で苛《いじ》めにあい、親子共々それなりに苦労してきたと思う。

しかし私はただの一度も離婚を後悔したことはなかった。ところが何としたことか、娘が社会人になった頃、突如元夫の母親が復縁を求めてきたのだ。約束通り、娘の養育費を支払ってくれたことは感謝するが、それと引き換えのように、ひと言の謝罪もなく、過去のことは水に流してほしいという。私は知り合いの牧師さんを通して復縁の意思が全くないことを伝えてもらった。それから何年間も私は遠くの教会まで転々とすることになった。全く想定外のことであった。事情を知らない人からは、教会を遍歴していると陰口を叩かれたが、まだストーカーという言葉が定着していない頃だった。

振り返れば、思いがけないことの連続であった。壁にぶつかり途方に暮れるような時も、神様はそのつど必要な助けを備えてくださり、急場をしのぐこともできたのだった。それは、到底、人の心に思い浮かびもしない不思議な出来事の数々であった。そして同時に、人間の悪しき思いやはかりごとは神の前にもろくも崩れ去るものであることを、神は困難な人生を通して私に示してくださったのである。決して悪にひるんではならず、人の目には触れないよう巧みに仕掛けられた罠も、隠れた行いもすべては光にさらされる時がくるということを。

聖書は、「汝、復讐するなかれ」と教えている。「愛する人たち、自分で復讐せず、神の怒りに任せなさい。『復讐はわたしのすること、わたしが報復する』と主は言われる」（ローマの信徒への手紙一二・一九）とある。現に、神の裁きは今生かされているこの世であるのだと思う。それは巧みに罠を仕掛けた者だけでなく、その言うことを真に受けて、悪に付き従ってしまった者をも裁きの座に置かれることは真実であると私は確信している。実際そのように思われることを目にしてきたからである。そうした話は旧約聖書の中にも見受けられる。それは、神の人（預言者）が、そこでは決して飲み食いしてはいけないと言われていたのに、老預言者にそそのかされて飲み食いしたところ、帰途、動物に殺されてしまったのである。それは偽預言者の横行する時代でもあった（旧約聖書列王記上一三章）。

私はこれまでの歩みを顧みて、使徒パウロが、「わたしは、こう祈ります。知る力と見抜く力とを身に着けて、あなたがたの愛がますます豊かになり、本当に重要なことを見分けられるように」（フィリピの信徒への手紙一・九―一〇）と述べるように、本当に重要なことを見抜く力を養いたいものだと、反省をこめて強く願っている。しかし、悪によって始まったことも、神はそれを用いて祝福された人生へと変えてくださったのだと思う。

菅　幸子　すが・さちこ

日本社会事業学校研究科（現・日本社会事業大学大学院）卒。
元ソーシャルワーカー。
日本基督教団洛南教会会員。滋賀県在住。

神の御手に導かれて

2023年8月30日　初版発行

著　者　菅　幸子
発　行　日本キリスト教団出版局出版企画課
発　売　日本キリスト教団出版局
〒169-0051 東京都新宿区西早稲田2丁目3の18
電話・営業 03（3204）0422、編集 03（3204）0424
https://bp-uccj.jp

印刷・製本　ディグ

ISBN 978-4-8184-5561-0 C0095　日キ販

Printed in Japan